FOLIOTHÈQUE

Collection dirigée par
Bruno Vercier
Maître de conférences
à l'Université de
la Sorbonne Nouvelle - Paris III

Marguerite Yourcenar

Quoi ? L'Éternité

par Simone Proust

Simone Proust

présente

Quoi ? L'Éternité

de Marguerite Yourcenar

Gallimard

Simone Proust, docteur ès lettres, a publié *L'autobiographie dans « Le labyrinthe du monde » de Marguerite Yourcenar. L'écriture vécue comme exercice spirituel*, L'Harmattan, 1997.

ABRÉVIATIONS

QE	*Quoi ? L'Éternité, Le labyrinthe du monde*, III, Folio, n° 2161.
SP	*Souvenirs pieux, Le labyrinthe du monde*, I, Folio, n° 1165.
AN	*Archives du Nord, Le labyrinthe du monde*, II, Folio, n° 1328.
ACG	*Alexis, Le coup de grâce*, Folio, n° 1041.
MH	*Mémoires d'Hadrien*, Folio, n° 921.
ON	*L'Œuvre au noir*, Folio, n° 798.
OR	*Œuvres romanesques*, Bibliothèque de la Pléiade, 1991.
EM	*Essais et mémoires*, Bibliothèque de la Pléiade, 1991.
ER	*Entretiens radiophoniques avec M. Yourcenar* par P. de Rosbo, Mercure de France, 1972.
YO	*Les yeux ouverts*, entretiens de Marguerite Yourcenar avec Matthieu Galey, Centurion, 1980.
Lettres	*Lettres à ses amis et quelques autres*, édition établie, présentée et annotée par Michèle Sarde et Joseph Brami, Gallimard, 1995.
Sources II	*Marguerite Yourcenar, Sources II, Les Cahiers de la NRF*, texte établi et annoté par Elyane Dezon Jones, présenté par Michèle Sarde, Gallimard, 1999.

I *QUOI ? L'ÉTERNITÉ* DANS LA TRILOGIE *LE LABYRINTHE DU MONDE*

Quoi ? L'Éternité est à situer dans un ensemble : il s'agit du troisième tome d'une trilogie intitulée *Le labyrinthe du monde,* que Marguerite Yourcenar avait d'abord conçue comme un diptyque[1]. Les titres définitifs des deux premiers tomes sont *Souvenirs pieux* et *Archives du Nord.* Ces deux textes se présentent comme des « chroniques familiales et partiellement autobiographiques » : c'est ainsi que l'auteur les qualifie dans l'avant-propos (rédigé par elle-même) des *Œuvres romanesques* éditées dans la collection de la Pléiade (*OR*, p. IX).

1. *AN*, p. 15.

I. QUESTION DE GENRE

Dès l'incipit du premier tome, *Souvenirs pieux*, se pose la question de l'identité de « l'être que j'appelle moi » (*SP*, p. 10), ce qui apparente le livre à une autobiographie, c'est-à-dire à un récit rétrospectif, où l'auteur parle de lui-même à la première personne. L'instance qui construit le récit, la narratrice, renvoie, comme c'est la règle, à un individu réel qui signe de son nom et s'engage à dire la vérité (le nom de l'auteur, Yourcenar, ne correspond pas à son patronyme réel, qui est de Crayencour ; mais au moment où elle devient citoyenne américaine par sa naturalisation, en 1947, elle adopte comme nom légal son pseudonyme, Yourcenar). Une autre loi du genre est que les événements racontés sont réels, et non fictifs ; Marguerite Yourcenar souligne qu'elle observe cette convention : « Je n'écris pas un roman[1], dit-elle plusieurs fois quand elle narre la vie de son père, et elle tient à donner les sources de ses récits pour en souligner la véracité.

1. *AN*, p. 336, 345.

Il est cependant difficile d'assimiler ces Mémoires au genre traditionnel de l'autobiographie : les deux volumes arrêtent le récit à la description de la « nouvelle-née » dans son berceau. Le lecteur qui s'attendait à découvrir l'histoire de la vie de l'auteur est donc frustré : il ne saura rien de plus lorsqu'il refermera le second tome... Que penser de cette étrange dérobade ? *Souvenirs pieux* commence par le récit de la naissance de l'auteur, ce qui est traditionnel dans ce genre littéraire, puis se consacre à l'histoire de la mère et aux ancêtres maternels ; *Archives du Nord* évoque la figure du père et de sa famille ; mais le personnage de Marguerite est absent de ce diptyque, les deux récits se terminant quand l'enfant n'est encore qu'un nourrisson.

Pourtant, le premier tome de l'ouvrage est bien centré, dès la première page de *Souvenirs pieux*, sur les origines de ce « moi » qui lui pose problème. Le lecteur se trouve donc confronté à un paradoxe : pourquoi l'auteur semble-t-elle adopter le discours autobiographique, alors qu'elle élude constamment le récit de sa propre vie ?

Ce refus d'un repli sur l'individualité trouve sa source dans la question posée en exergue à *Souvenirs pieux*. Cette phrase est un *koan* zen pour lequel Yourcenar a respecté la présentation typographique conforme à l'usage japonais :

> « Quel
> était
> votre visage
> avant que
> votre
> père
> et
> votre
> mère
> se
> fussent
> rencontrés ? »

QU'EST-CE QU'UN *KOAN* ZEN

L'usage du *koan* fait partie des méthodes d'enseignement des maîtres bouddhistes zen. Il se présente toujours sous une forme énigmatique, et l'élève doit en chercher la signification. Il est censé le méditer, comprendre intuitivement la logique qui l'anime. Il faut pour cela qu'il se libère du raisonnement rationaliste par une sorte d'expérience mystique, qui naît d'un état d'extase ou d'exaltation ; il arrive ainsi à la vraie Connaissance et à l'Illumination personnelle. Yourcenar le définit ainsi dans une lettre à Jean Guéhenno du 7 mars 1978 : « Un *koan* est une méthode, j'allais dire scolastique, employée dans les séminaires zen — quelque chose comme les syllogismes des cours médiévaux, mais d'intention bien différente. Elle a pour objet de faire méditer l'étudiant sur des séries de questions en apparence absurdes, absurdes seulement parce qu'elles refusent de se laisser réduire à une logique purement verbale, comme le fait d'ailleurs aussi la vie elle-même[1]. »

1. *Lettres*, p. 588.

Dans ce *koan*, l'exercitant est incité à découvrir lui-même son « visage original ». Il va s'efforcer d'imaginer ce qu'il était avant d'être né, ce qu'est la réalité fondamentale de son existence en dehors de ses dimensions temporelles et spatiales. C'est seulement quand, à court d'imagination, il ne sait plus que faire qu'il commence à s'engager dans la bonne voie : il sait alors qu'il ne sait pas. Totalement déconcerté, il finit par comprendre que le problème de son identité se révèle absurde, et que la question, dès le départ, ne signifiait rien. En démasquant son caractère abstrait, il découvre l'illusion du moi, une des quatre « nobles vérités » enseignées au départ par le Bouddha dans son sermon de Bénarès[2]. L'élève est alors mûr pour commencer à suivre sérieusement l'enseignement de la doctrine.

2. Voir Dossier, p. 167 *sq.*

C'est dans une démarche analogue que s'engage Marguerite Yourcenar lorsqu'elle rédige les deux premiers tomes du *Labyrinthe du monde*. Il s'agit pour elle, non pas de rechercher son identité, but habituel de quiconque écrit une autobiographie, mais au contraire de se défaire de son moi. Cette « volonté de dépersonnalisation[3] » est inspirée par la pensée bouddhique avec laquelle Yourcenar s'était familiarisée dès sa jeunesse, mais qui, à cette période de la fin de sa vie, chargée d'épreuves, exerce sur elle un attrait plus fort encore.

3. *ER*, p. 166.

II. LES DIVERSES ÉPOQUES DE LA RÉDACTION DE LA TRILOGIE

Les deux premiers tomes de la trilogie ont été écrits au moment où l'auteur était immobilisée dans sa propriété, Petite-Plaisance, du fait de la maladie de sa compagne Grace Frick.

Grace Frick, universitaire américaine née en 1903, a rencontré Marguerite Yourcenar à Paris en 1937, et a été immédiatement attirée par elle. Les deux jeunes femmes font un voyage en Grèce, puis Marguerite accepte l'invitation que lui fait Grace de passer l'hiver aux États-Unis. Elle rentre en Europe en avril 1938 et rédige à Capri *Le coup de grâce*, qu'elle dédie à Grace, puis rejoint son amie aux États-Unis en octobre 1939, alors que la guerre vient d'être déclarée.

Elle s'installe dans l'appartement de sa compagne, à New York, puis à Hartford où enseigne Grace. Elle dépend alors totalement d'elle pour sa subsistance, ce qui la décide à accepter un poste d'enseignement. Durant cette période difficile pour elle, Grace lui porte une attention de tous les instants. Quand arrive la fin de la guerre, au lieu de rentrer en Europe, Marguerite Yourcenar décide de rester avec Grace, et se fait naturaliser américaine en 1947. En 1950, les deux amies achètent dans l'île des Monts-Déserts, située dans le Maine, un cottage qu'elles nomment Petite-Plaisance. Ce sera désormais leur port d'attache. L'intention de Marguerite était d'entreprendre de nombreux voyages, mais en 1958, Grace Frick, atteinte d'un cancer du sein, doit subir une première intervention chirurgicale, qui sera suivie de beaucoup d'autres. En 1971, l'état de la malade s'aggrave, et commence alors la période de « vie immobile » de Yourcenar, qui durera jusqu'en 1979, date de la mort de Grace.

LE TEMPS DE LA « VIE IMMOBILE[1] »

C'est dans cette période d'immobilité que s'inscrit la rédaction de *Souvenirs pieux*, paru en 1974 (la rédaction a débuté en 1969) et, dans la foulée, celle d'*Archives du Nord* (1974-1977). Les conditions de vie de l'auteur sont difficiles. Habituée à voyager souvent, elle supporte mal cet enfermement : « Il y a bien des moments où cette maison, où mon intention n'était pas de vivre si continuellement, comme depuis quelques années les circonstances m'y forcent, me semble une prison[2]. »

L'atmosphère de maladie qui règne à Petite-Plaisance provoque chez elle un sentiment d'« horreur[3] ». Elle aussi se sent vieille et déprimée ; la vie quotidienne se réduit, comme le note sa biographe Josyane Savigneau[4], aux tisanes et aux prises de température. Les relations entre les deux femmes sont souvent pleines d'une exaspération mutuelle.

Or le bouddhisme donne un sens à ces insatisfactions. Le constat de la souffrance et du manque, qui est au centre de la vision du monde bouddhique, lui permet de supporter ce qu'elle vit. Le bouddhisme mobilise en outre chez elle un désir de perfection très profond. L'entraînement au détachement a de forts échos chez cette femme qui aborde la vieillesse et qui a eu l'occasion de mesurer la vanité des attachements. Aussi trouve-t-on dans les deux premiers volumes du *Labyrinthe* l'expression d'une adhésion aux points forts de la doctrine bouddhiste, notamment à

1. Titre de la deuxième partie de *L'Œuvre au noir.*

2. Lettre à Helen Howe Allen datée de février 1968, *Lettres*, p. 277.

3. Commentaire d'un rêve datant du 4 juin 1979, in *Les songes et les sorts*, *EM*, p. 1639.

4. J. Savigneau, *Marguerite Yourcenar : l'invention d'une vie*, Gallimard, coll. « Folio », n° 2495, p. 524.

la dénonciation de l'illusion du « je », mais aussi à la recherche de la perte de Soi dans le grand Tout, qui est le but recherché.

Les textes écrits à cette période portent la marque de cette méditation, de cet effort intérieur : « Tu as fait tienne la sagesse taoïste sur un coin de terre », écrit-elle en décembre 1975[1]. Son intérêt pour les philosophies orientales l'amène à glaner dans les différentes écoles dérivées du bouddhisme (taoïsme, tantrisme, zen) « qui comme les différentes sectes chrétiennes, me paraissent moins se contredire que se compléter[2] ». Son autobiographie est construite en cohérence avec la vision du monde qui est la sienne, comme l'atteste l'exergue de *Souvenirs pieux* : tous les récits sont construits pour donner une leçon morale, empreinte d'ailleurs d'un grand pessimisme, devant le constat de la folie des hommes[3]. Chacun de ses chapitres est conçu comme un « exercice spirituel » au sens où l'entendait Ignace de Loyola qu'elle a également beaucoup pratiqué[4].

Archives du Nord s'achève par une méditation sur les malheurs des temps, dans laquelle l'auteur, évoquant l'image de la « nouvelle-née », énumère, sur un ton prophétique, toutes les catastrophes qui s'annoncent au seuil de ce XXe siècle : pollution, destruction de la terre et des espèces animales. Dans ce contexte, la vie d'une petite fille n'a plus guère d'importance !

1. *Sources II*, p. 291. L'auteur, dans ce passage intitulé « Journaux de bord », s'adresse à elle-même, sous forme de recommandation et de précepte.

2. *YO*, p. 333.

3. Ces thèmes sont plus largement développés dans S. Proust, *L'autobiographie dans « Le labyrinthe du monde » de Marguerite Yourcenar. L'écriture vécue comme exercice spirituel*, L'Harmattan, 1997.

4. Voir Dossier, p. 164-165.

LA MORT DE GRACE ET L'ARRIVÉE DE JERRY WILSON

Le troisième tome marque une rupture dans la rédaction du texte. Les deux premiers volumes avaient été écrits d'un seul élan, mais Grace Frick meurt le 18 novembre 1979. On imagine bien le bouleversement que représente cette disparition, après quarante ans de vie commune, même si Yourcenar s'est peu exprimée sur ce deuil. Grace protégeait beaucoup sa compagne et assumait tous les problèmes concrets de l'existence ; aussi la mort de cette dernière renvoie, de façon inconsciente, à la perte initiale de la mère. Josyane Savigneau, s'appuyant sur les Carnets remplis quotidiennement par Grace depuis 1944, et auxquels Yourcenar collabore, montre combien Grace a toujours évité à son amie toute préoccupation matérielle. Marguerite a accepté cette dépendance ; elle y trouvait une sécurité qu'elle n'avait jamais connue au cours de son existence, et qui lui permettait de se consacrer entièrement à son travail. Cette position passive peut surprendre de la part d'une nature si autoritaire, mais Grace était vraiment la mère consolatrice, apaisante, garante du bien-être dont Marguerite a été fortement frustrée. Bien sûr, une telle relation ne va pas sans ambiguïté, et l'obscur ressentiment de Marguerite peut aller jusqu'à l'exaspération. Mais, même si elle souffre du despotisme de Grace, elle en reste complice et l'accepte. Quelles que soient les difficultés (Grace a lutté plus de vingt ans contre la maladie, avec une suite de rémissions et de rechutes), Marguerite restera jusqu'au bout attachée à Grace ; rien n'est assez fort pour couper le lien vis-à-vis de celle qui lui a tenu lieu de mère.

Le décès de Grace bouleverse toute l'économie sur laquelle reposait le fonctionnement psychique de l'écrivain puisqu'elle va vivre une nouvelle passion avec Jerry Wilson.

En avril 1978, donc quelques mois avant la mort de Grace, une équipe de télévision française vient réaliser un film à Monts-Déserts et apporte une diversion au sein de cette atmosphère pénible de maladie. Le photographe, Robert Gerald Wilson, dit Jerry, a alors vingt-huit ans. Ce jeune Américain, beau, sportif, sera désormais son nouveau compagnon de voyage, après la mort de Grace.

Marguerite Yourcenar connaît alors un renouveau physique et moral : « Je lui dois deux ans de bonheur et même de vie, écrit-elle sur ces années 1980-1981. J'ai appris à connaître que l'érotisme demeure un rite sacré jusqu'à la fin des jours. Ce dont j'avais cru m'évader pendant quelques années est miraculeusement revenu[1]. »

1. *Sources II*, p. 254.

L'arrivée de Jerry Wilson représente en effet, pour cette femme de soixante-dix-sept ans, un véritable retour à la vie. Cette rencontre sera déterminante, non seulement dans sa vie affective, mais dans son écriture.

Jerry est d'abord considéré comme son « compagnon de voyage[2] » et elle s'embarque avec lui en février 1980 pour une croisière aux îles Caraïbes. Au retour, il est admis dans l'intimité de Yourcenar et s'installe à Petite-Plaisance. Puis ce seront d'autres voyages, en Angleterre, aux Pays-Bas, en

2. Chronologie, *OR*, p. XXXI.

Belgique, au Maroc, en Égypte. La rédaction de *Quoi ? L'Éternité*, entreprise en 1982, est interrompue par le voyage au Japon (1982-1983), puis en Thaïlande et en Inde, enfin au Kenya où elle est immobilisée quelque temps à la suite d'un accident de voiture.

C'est seulement en 1985, lors d'un nouveau séjour en Inde, que Yourcenar se remet au travail. Mais les relations avec Jerry ont alors complètement changé. Yourcenar, malmenée psychologiquement et même physiquement (Jerry, atteint du sida, est devenu violent), doit elle-même être hospitalisée en octobre 1985 pour un pontage coronarien. Jerry meurt à Paris le 8 février 1986. La rédaction de *Quoi ? L'Éternité* est à nouveau interrompue. C'est seulement lors d'un nouveau séjour au Maroc, au printemps 1987, que l'auteur achève le chapitre « Les miettes de l'amour » ; elle poursuit la rédaction du livre à Petite-Plaisance, et était en train de rédiger le dernier chapitre « Les sentiers enchevêtrés » lorsqu'elle est victime d'un accident cérébral et meurt le 17 décembre 1987, laissant son texte inachevé[1].

1. Voir la biographie de l'auteur, Dossier p. 141 *sq.*

On constate donc que ce dernier volume de la trilogie a été écrit cinq ans après *Archives du Nord*, et que de constantes interruptions ont eu lieu dans sa rédaction, dont une de plus de trois ans, de 1983 à 1986. Si l'on compare avec l'atmosphère de recueillement et d'ascèse dans laquelle ont été écrits d'un seul tenant les deux premiers volumes, on comprend les différences entre ceux-ci et le troisième, tant sur le plan de la composition que de l'écriture.

Peut-on cependant considérer ce troisième tome comme la suite des deux premiers volumes du *Labyrinthe du monde* ? Yourcenar tenait beaucoup à l'unité du triptyque, et n'a jamais voulu qu'on dissocie ce troisième tome des deux autres : « Pour *Quoi ? L'Éternité*, je crois qu'il faut absolument le placer dans *Le labyrinthe du monde*, puisque c'est l'aboutissement de tout l'ouvrage, même si le ton plus qu'ailleurs, touche au roman et au poème (mais il y avait déjà çà et là des touches de ce genre dans les deux premiers volumes)[1]. »

1. Lettre à Yannick Guillou du 5 octobre 1986, *Lettres*, p. 67.

III. LES TITRES

Elle a donné à l'ensemble un titre qui avait pour elle une portée très symbolique : *Le labyrinthe du monde*. Elle explique dans *Quoi ? L'Éternité* qu'elle l'a emprunté à un écrivain morave du XVIIe siècle, « Coménius, ou, si l'on préfère, Komensky, qui, exilé de son pays, installa dans la Hollande de l'âge d'or sa petite communauté de pieux résistants » (*QE*, p. 145).

Le labyrinthe du monde et le paradis du cœur est un roman allégorique que Jan Amos Komensky, dit Coménius, écrivit en 1623 après la défaite de la Montagne Blanche (le camp catholique, dirigé par Ferdinand de Habsbourg, est vainqueur et les « hérétiques » doivent s'exiler).

Le lieu métaphorique du labyrinthe, correspondant à l'aspect superficiel, mouvant et égarant des événements et des comportements, s'oppose à celui des valeurs profondes, du vrai sens des choses, du repos en Dieu, le « paradis du cœur ». Le père de Marguerite Yourcenar, Michel de Crayencour, avait, sous l'influence de son amie Jeanne de Vietinghoff, traduit ce texte à partir d'une version anglaise (*QE*, p. 144), celle du comte Lutzow, parue à Lille en 1906[1]. Jeanne, qui avait apprécié les intentions mystiques de l'ouvrage, l'a fait également lire à Fernande, la mère de Yourcenar (*QE*, p. 146).

1. Voir Bibliographie. Pour plus de détails sur cet ouvrage, voir S. Proust, « *La ville, métaphore du labyrinthe* », in *La ville de Marguerite Yourcenar*, Racine, Bruxelles, 1999, p. 263-271.

Le thème même du labyrinthe avait déjà attiré Yourcenar dans des œuvres de jeunesse, et elle a voulu, par le choix de ce titre, insister sur le sentiment d'emprisonnement, d'enchevêtrement, de répétition, qui caractérise la vie humaine.

Le titre du volume *Quoi ? L'Éternité* est, lui, emprunté à Rimbaud. Ces vers sont extraits d'*Une saison en enfer, Délires II, Alchimie du verbe* :

> « Elle est retrouvée !
> Quoi ? l'éternité. C'est la mer mêlée
> Au soleil[2]. »

2. Rimbaud, Bibliothèque de la Pléiade 1972, p. 79.

Dans *Les yeux ouverts*, en 1980, quand Matthieu Galey, son interviewer, lui demande comment il faut comprendre ce titre, elle répond un peu sèchement : « On ne comprend pas l'éternité. On la constate. Le vers de Rimbaud exprime l'étonnement émerveillé devant cette suprême " Illumination "[3]. »

3. *YO*, p. 222.

Ces termes inscrivent sa démarche dans la lignée des mystiques : devant l'Éternel, le discours s'achève dans l'exclamation contemplative. Nous sommes loin d'un traité théorique sur le rapport du temps et de l'éternité !

Ces vers de Rimbaud hantaient l'imagination de Marguerite Yourcenar, puisque, déjà, lors de ses entretiens avec Patrick de Rosbo, en 1971, elle les citait à propos de la vision qu'a Zénon mourant, vision en effet très proche de celle du poète[1].

1. *ER*, p. 130.

IV. COMPOSITION DE *QUOI ? L'ÉTERNITÉ*

Les deux premiers volumes du triptyque ont été rigoureusement construits ; les chapitres sont regroupés en parties distinctes, désignées clairement et résumées par un titre soulignant l'aspect initiatique du parcours et la dimension symbolique du récit. Celui-ci est très ordonné, retraçant l'itinéraire de la mère, puis du père, dans une présentation historique. La composition de *Quoi ? L'Éternité* est beaucoup plus lâche. Comme le fait remarquer Béatrice Ness, c'est la seule œuvre pour laquelle l'auteur n'ait pas laissé de plan : « D'habitude le projet d'écriture chez l'auteur Yourcenar est programmé, calculé avant sa rédaction ; [...] l'élaboration romanesque tient à un projet initial qui sous-tend la logique du récit. Celui-ci est conçu comme un ensemble[2]. » Rien de tel dans *Quoi ? L'Éternité*. Les onze chapitres s'égrènent sans être vraiment reliés les uns aux autres, et donnent une impression d'émiettement (le mot « miettes » revient d'ailleurs à deux reprises dans les titres). Certes l'auteur a voulu donner un semblant d'unité en construisant les intitulés des séquences de façon uniforme : il s'agit chaque fois d'un substantif généralement précédé d'un article défini qui lui donne une valeur

2. Béatrice Ness, *Mystification et créativité dans l'œuvre romanesque de Marguerite Yourcenar*, Chapell Hill, North California, « The Romance Languages and Literature », 1994, p. 190.

généralisatrice (le Trépied, la Déchirure) à l'exception de deux substantifs absolus, sans article (Necromantia, Fidélité). Mais cette unité n'est qu'apparente ; les centres d'intérêt divergent. Les premiers chapitres tournent autour de Michel, puis de Jeanne, mais à partir du chapitre VII, un brusque changement de ton déplace le centre du récit vers la petite enfance de l'auteur, puis son adolescence. La guerre représente une nouvelle rupture, même si le chapitre consacré à la période 1914-1915 continue l'histoire de la jeune Marguerite. Le chapitre traitant de la période 1916-1917, après une description du Paris de la guerre vu par la fillette, se perd dans les imbroglios financiers de M. de Crayencour. Le dernier chapitre marque un nouveau tournant ; nous retrouvons le couple Jeanne-Egon, mais l'intérêt est centré sur les aventures d'Egon aux pays Baltes. Ce chapitre s'insère, en fait, dans l'intrigue d'un roman de jeunesse de Yourcenar, *Le coup de grâce.*

Nous allons suivre, dans notre étude, les différentes parties que nous impose la composition de ce texte formé d'éléments disparates. Dans les deux premiers chapitres, nous retrouverons le ton de la mémorialiste et les procédés d'écriture auxquels nous a habitués l'auteur de *Souvenirs pieux* et d'*Archives du Nord.* Le changement intervient brusquement au chapitre III, quand apparaît Jeanne ; désormais, le récit relève plus du rêve que de la chronique historique. Mais à partir du chapitre VII, les confidences personnelles dominent. Les deux chapitres consacrés à la guerre marquent un retour à la chronique ; puis c'est la rupture finale avec le chapitre « Les sentiers enchevêtrés », où l'adolescente, encore très présente dans les pages précédentes, disparaît complètement, ce dernier chapitre empruntant le cadre et les personnages à un roman antérieur. Cette dernière partie de l'œuvre a été interrompue par la mort et donne l'impression de n'avoir pas été revue pour l'édition. Le fait même de cet inachèvement donne au texte moins contrôlé un intérêt d'autant plus grand.

Nous essaierons de caractériser l'originalité de ce dernier ouvrage de Marguerite Yourcenar qui tranche fortement sur l'œuvre antérieure, même s'il s'inscrit dans la continuité de son évolution. Nous aurons besoin, pour ce faire, d'utiliser quelques concepts psychanalytiques dont nous rappelons rapidement la définition dans le Dossier.

II LA CHRONIQUE FAMILIALE

I. CONTINUITÉ DANS L'ACTION

Quoi ? L'Éternité s'ouvre sur la reprise de l'histoire de Michel de Crayencour ; aucune rupture avec *Archives du Nord*. La narration commence *in medias res* : le personnage ne nous est pas présenté, il est censé être connu. La première page constitue un rappel des principaux événements de sa vie : la mort de sa sœur aînée Gabrielle, et la naissance de la cadette, ses deux mariages et veuvages successifs, l'existence d'un fils du premier lit, la naissance d'un bébé qui a deux mois lorsque commence le récit ; une allusion à sa vie de garçon : l'armée, la désertion, l'idylle en Angleterre.

Le caractère du personnage reste le même. Sa solitude, thème essentiel de cette première page, ne date pas d'aujourd'hui : au collège, à l'armée ou ailleurs, il ne s'est pas fait d'ami (*AN*, p. 329). Il garde son état d'esprit contestataire : ses indignations d'« écolier en révolte » devant la répression au moment de la Commune rejoignent sa réprobation devant les excès du « radicalisme du petit père Combes » (*QE*, p. 16) ; il a toujours été « l'homme de l'opposition », constate l'auteur (*QE*, p. 17). Ses colères peuvent être violentes (*QE*, p. 19, 29), et l'on en a déjà eu des exemples dans *Archives du Nord* (*AN*, p. 331, 359, 361-362). Mais cet homme dont le leitmotiv était « on n'est pas d'ici, on s'en va demain » (*AN*, p. 360) manifeste toujours sa tendance à ne rien prendre au sérieux. Son deuil est relativisé (*QE*, p. 11), et son double veuvage ne le plonge pas dans un profond désarroi (*QE*, p. 15). La religion l'intéresse accessoirement, mais « il n'a même jamais pris la peine de se demander s'il croyait ou s'il ne croyait pas » (*ibid.*). On retrouve l'homme sceptique, assez libre dans ses jugements. Ses visites au monastère du Mont-des-Cats n'auront pas de suite. Ses poussées d'ascétisme sont qualifiées de « velléités », et s'il pratique quelques actions caritatives au village, c'est sans grande conviction, mais noblesse oblige ! Il a certes des idées généreuses, mais ne tient pas à s'y consacrer, et la « politicaille » (*QE*, p. 20) ne le concerne pas. On le sent toujours attiré par les femmes et désinvolte, mais la médiocrité de la société qu'il fréquente ne l'incite guère à s'investir : « Michel ne deviendra pas un don Juan de province » (*QE*, p. 25). La fin du chapitre campe un Michel devenu « sage » et résigné devant la vieillesse, montrant à sa fille la voie du détachement : nous sommes toujours dans la ligne d'*Archives du Nord*.

Les autres personnages sont présentés avec les mêmes traits de caractère que dans *Archives du Nord*. Noémi, la grand-mère, fait preuve de la même sécheresse de cœur. Cette « mère qui n'a jamais aimé ni son mari ni son fils » (*QE*, p. 11) ne manifeste pas la moindre affection à sa petite-fille (*QE*, p. 13). Dès les premières pages, nous la retrouvons attachée à l'argent (*QE*, p. 12), et sa dureté apparaît aussi dans sa conduite envers les domestiques ou les gens du village. Quant au demi-frère, il apparaît sous les traits d'un garçon renfrogné (*QE*, p. 11), « maussade et brutal » (*QE*, p. 32), complètement fermé à la compassion (*QE*, p. 20), tel qu'il était décrit dans *Archives du Nord*.

II. LES TECHNIQUES D'ÉCRITURE

L'auteur utilise les mêmes procédés d'écriture que dans les deux précédents volumes.

Les interventions personnelles de la narratrice sont fréquentes, comme elle nous y a habitués ; elle fait, par exemple, allusion à « un des hommes que j'ai le mieux aimés » (*QE*, p. 16) — il s'agit probablement d'André Embiricos, un ami de jeunesse avec lequel elle a fait plusieurs croisières en Grèce en 1932-1937. Elle cite son voyage en Inde, qui se situe en janvier 1983 (*QE*, p. 29)[1]. Elle renvoie au présent de l'écriture quand elle parle de la règle de fer forgée par son père : « J'ai encore cet objet et m'en sers parfois » (*QE*, p. 29). Ces ruptures de temporalité étaient fréquentes dans les deux premiers volumes.

Nous retrouvons aussi la manière qu'a Yourcenar de parler d'elle à la troisième personne, quand il s'agit de son enfance[2], comme si elle tenait à bien distinguer le « je » de la narratrice et celui du personnage dont elle rapporte les faits et gestes : « Des autres domestiques, je m'attarderai à parler quand la petite les connaîtra » (*QE*, p. 13). Le souci de donner ses sources est toujours visible : elle cite les récits de son père (*ibid.*), ses recherches historiques (*QE*, p. 16).

Stylistiquement, on reconnaît sa manière de faire se côtoyer des mots rares, tel le verbe « abuter » (*QE*, p. 23) pour signifier toucher par un bout, et des termes familiers : « boustifaille » (*QE*, p. 21), « trimbaler », « dondons » (*QE*, p. 27) ou encore l'« envoyer

1. Voir Dossier, p. 145.

2. Voir « l'enfant », *SP*, p. 32, 34, 36, 37 ; « la petite fille », p. 41 ; la « nouvelle-née », p. 33 ; voir aussi *AN*, p. 366, 368, ou encore « il est trop tôt pour parler d'elle ». Voir Michèle Sarde, *Vous, Marguerite Yourcenar. La passion et ses masques*, Robert Laffont 1995, p. 369.

paître » (*QE*, p. 38) ou « mieux vaut crever seul » (*QE*, p. 41). Le titre de ce chapitre en est un autre exemple : « Le traintrain des jours » évoquant avec une nuance de mépris la monotonie, la mesquinerie, l'absence de raison de vivre du milieu décrit.

Le talent de Yourcenar mémorialiste apparaît pleinement dans son art de la scène à faire : nous trouvons son coup de griffe dans le récit de l'expulsion des moines du Mont-des-Cats. Le souci du détail concret donne une note pittoresque à la narration : l'estaminet qui fait des affaires, l'apparition des moines « serrant leurs pauvres valises », l'uniforme militaire du supérieur qui sent encore la naphtaline et dans lequel il a du mal à rentrer parce qu'il a grossi depuis la guerre de 1870, l'ironie dans le geste des soldats qui présentent les armes devant l'officier qu'ils ont charge d'expulser, tout cela est plein de vie et d'humour.

III. REPRISE DES MÊMES THÈMES

Des thèmes essentiels dans les deux premiers volumes du *Labyrinthe* sont à nouveau présents dans ce chapitre. L'auteur se livre à une critique acerbe de cette « société des châteaux » (*QE*, p. 21) qu'elle n'a guère ménagée dans les deux tomes antérieurs. Ces gens conformistes aux préjugés imbéciles sont hypocrites, jusque dans leur manière de gérer les bonnes œuvres (*QE*, p. 19). La religion n'est chez eux qu'une façade : « bien-pensants », ils ne savent pas prier (*QE*, p. 12), et leur pratique se réduit à quelques gestes officiels. Le clergé est médiocre (*QE*, p. 13) et Michel partage la déception de sa fille : « [il] est de ces incroyants exigeants qui voudraient que chaque ecclésiastique fût un saint » (*QE*, p. 13)[1].

1. Voir *Essai de généalogie du saint*, *EM*, p. 1678.

Marguerite Yourcenar reprend également ses anathèmes contre le progrès et l'industrialisation. Le même souffle l'anime pour déplorer les dégâts produits par la voiture, dont son père s'engoue. Elle, qui est pourtant une grande voyageuse, n'a pas de mots trop durs pour s'indigner devant les désastres que provoque la circulation automobile et la frénésie de l'homme cherchant à tout prix des sources d'énergie, enlaidissant les paysages et polluant l'air et les eaux de l'océan (*QE*, p. 30-31).

Enfin, ces pages sont imprégnées de la sagesse orientale qui animait ses convictions dans *Souvenirs pieux* et *Archives du Nord.* Les événements politiques sont vus avec le recul que procure la fréquentation des textes bouddhiques : « On finit par se rendre compte qu'on a affaire au rythme des choses » (p. 14). La métaphore du jeu de l'oie, déjà utilisée dans *Archives du Nord* (*AN*, p. 231), souligne à nouveau le fatalisme de la réapparition cyclique de certains faits dans une vie d'homme.

De cette philosophie apparaît aussi le goût du renoncement (*QE*, p. 16), et ce qu'elle écrit sur le « plaisir à dire non à ces envies et à ces désirs qui constituent les trois quarts de notre personnalité [...] ; plaisir à n'avoir plus, et même à n'être plus, pour se sentir simplement exister » (*QE*, p. 26), renvoie plus sûrement à son expérience personnelle qu'à celle de son père.

Mais c'est surtout la reprise du thème de la mort qui va occuper ces deux premiers chapitres, en particulier celui intitulé « Necromantia », consacré en partie à la mort de sa tante Marie.

Dès les premières lignes, le décès de Berthe, rappelant forcément celui de la seconde épouse, Fernande, est remémoré, et la « rieuse » Gabrielle est venue « pourrir là ». Toutes ces pages sont peuplées de « fantômes » et les deux demeures de Fées et de Grand-Gué sont « habitées par des ombres ». C'était déjà en ces termes qu'elle parlait de ses oncles Octave et Rémo dans *Souvenirs pieux* (*SP*, p. 254)[1].

La première séquence du chapitre se clôt sur un épisode violent : le Baron, propriétaire des lieux, malade et excédé par les aboiements du chien de garde enchaîné, tire un coup de feu sur la pauvre bête et Yourcenar décrit longuement son agonie. La mort d'un animal est toujours chez elle annonciatrice d'un drame.

Dans *Archives du Nord*, la mort de Misca est l'occasion d'une anticipation sur la mort de la jeune Gabrielle (*AN*, p. 157). La mort du chien Red est interprétée comme un mauvais présage (*AN*, p. 292). La mort de Trier, achevé d'un coup de fusil, provoque le désespoir de la petite Marguerite (*AN*, p. 221)[2].

La violence de cet acte annonce le climat d'horreur qui sera celui de la mort de Marie. Cette tante nous est présentée suivant la

1. Dans notre étude, *op. cit.*, p. 147 *sq.*, nous avons rapproché des techniques du nô certains procédés utilisés par Yourcenar pour faire resurgir les images du passé. Sur cette forme du théâtre japonais, voir Dossier, p. 171-173.

2. P. Doré voit dans cette déploration sur la mort de l'animal un déplacement d'affect par rapport à la mort de la mère (*Yourcenar ou le féminin insoutenable,* Genève, Droz, 1999, p. 59 *sq.*).

technique antérieurement utilisée pour les grands-mères Mathilde ou Reine. Le personnage est replacé dans son milieu social, cette classe de propriétaires terriens de Belgique au XIXe, où s'inscrivent leurs pratiques religieuses, leurs croyances théologiques, leurs relations familiales. C'est à travers ses occupations, sa participation aux bonnes œuvres et aux pratiques de l'époque (pèlerinage à Lourdes, retraites, audience du Saint-Père à Rome) que se dessine le contexte dans lequel se déroule la vie de Marie. Nous connaissons le mari à travers quelques faits concrets, illustrant de façon très réaliste son avarice et sa religion intégriste, étriquée et inquiète. Toutes ces données historiques étant précisées, Yourcenar met en scène Marie dans son couvent, en mai 1901 ; elle reconstitue le « silence intérieur » ressenti après les prédications, le « sentiment de vide et de sécheresse », les « défaillances » de l'attention et elle la décrit comme arrivée à l'état d'oraison (*QE*, p. 53).

On voit ici l'imagination de la romancière au travail. Elle substitue à la description du personnage vu de l'extérieur un monologue au style indirect libre qui reproduit l'« examen de conscience » de Marie, nous faisant pénétrer dans son for intérieur (*QE*, p. 54). Elle utilisait la même technique quand elle reconstituait les pensées de Fernande enceinte au cours de ses nuits d'insomnie (*SP*, p. 27), ou d'Octave lors de sa chevauchée en forêt (*SP*, p. 166 *sq.*) : ce procédé romanesque est fréquemment employé aussi dans les *Mé-*

moires d'Hadrien ; elle parle de la nécessité de « se laisser investir par un personnage » ou de la « magie sympathique qui consiste à se transporter en pensée à l'intérieur de quelqu'un[1] ».

1. Carnets de notes des *Mémoires d'Hadrien*, p. 330.

Est alors introduite la seule source historique dont Yourcenar dispose, les « résolutions » retrouvées dans le portefeuille de Marie après sa mort. C'est en effet toujours à partir d'un document authentique que l'imagination de l'auteur se met en branle.

La seconde scène, située de façon très précise, le 30 janvier 1902, commence par un tableau paisible, aux détails réalistes : le petit déjeuner des enfants de Marie, surveillés par leur mère. L'intrusion brutale du jeune garde-chasse est reproduite au style direct ; suit la jolie description du petit groupe qui « s'aventure dans le matin d'hiver », avec les notations habituelles de l'auteur dès qu'il s'agit de traduire la beauté de la nature : sensations auditives (« le sol résonne sous les pas »), et visuelles (« le gravier de la grande allée et la pelouse sont parsemés d'une poussière de neige »). L'apparition de la harde de sangliers (*QE*, p. 57) est l'occasion d'exprimer son émotion devant ce qui évoque pour elle le monde immémorial, celui qu'elle décrivait dans les premières pages d'*Archives du Nord* avant l'apparition de l'homme, ou encore quand elle voyait surgir une « école[2] de dauphins » entrevus lors de la traversée vers l'Angleterre, qui participent à « un monde plus pur et plus divin que celui où les hommes font souffrir les hommes » (*AN*, p. 19).

2. On notera l'emploi assez rare, mais signalé par le Littré, de ce terme de pêche, pour désigner un rassemblement de morues lors du frai.

Puis c'est le drame relaté en quelques mots : « Marie semble couchée sur le gravier saupoudré de givre comme si elle l'était depuis toujours », attestant la présence de la mort au sein même de la vie. L'angoisse, l'horreur de cette mort vont provoquer chez Yourcenar une méditation, comme c'est le cas dans la plupart des récits des deux premiers tomes du *Labyrinthe*, conçus comme des sortes d'exercices spirituels. L'épisode narratif n'est là que pour introduire une réflexion sur le thème de l'impermanence, ce qui explique l'accélération du récit sur les circonstances de la mort, vite escamotées. Elle s'interroge alors sur les possibilités de communication avec « l'autre monde » à propos de la visite faite « par le veuf » à une « voyante extralucide » (*QE*, p. 62).

L'auteur ne condamne pas cette démarche, mais essaie de la justifier. L'explication qu'elle met dans la bouche de Michel répondant aux questions que se pose son beau-frère (*QE*, p. 61) est la même que la réponse donnée à Matthieu Galey demandant à Yourcenar si elle s'était intéressée aux moyens de correspondre avec ce « monde des morts » : « Il y a toujours un moment où l'on se demande si justement ce n'est pas la personne venue recevoir un message qui recrée une individualité disparue, s'il n'y a pas une interférence quelconque du souvenir, de l'imagination, ou même si l'on veut d'entités inconnues[1]. »

1. *YO*, p. 107.

La mention que fait Marie, dans ses dernières résolutions, de la mort « des bêtes qui tombent comme elle est tombée » trouble

Yourcenar, et elle veut y voir un pressentiment que la jeune femme aurait eu de sa propre mort. Malgré l'affection teintée d'admiration qu'elle éprouve pour cette tante, elle s'insurge contre « l'insolente morgue de l'âme chrétienne devant la créature » : de quel droit s'arrogent-ils une supériorité sur les animaux ? s'indigne-t-elle. Yourcenar accorde aux animaux la même importance qu'à l'homme dans la chaîne des créatures, et l'homme ne peut se targuer d'aucune supériorité. Cette vision de la création, en accord avec la pensée bouddhiste, était déjà la sienne dans sa jeunesse : « La même force qui pense dans l'homme rampe dans le ver de terre, vole dans l'oiseau ou végète dans la plante », écrivait-elle en 1927[1]. L'homme n'étant qu'un élément parmi d'autres dans la chaîne des créatures ne peut se targuer d'aucune supériorité. Nous retrouvons là une des affirmations majeures de Yourcenar, proche de la pensée bouddhiste.

C'est encore celle-ci qui inspire le paragraphe suivant, destiné à prouver une fois de plus l'illusion du moi. D'où la contestation de l'idée de sacrifice telle que l'enseigne la religion catholique. Yourcenar a lu *Le voyage d'une Parisienne à Lhassa* (1927) et *Mystiques et magiciens du Tibet* (1930) d'Alexandra David-Neel[2], et c'est au nom de la mystique tibétaine qu'elle s'interroge sur la valeur du sacrifice que croit avoir fait sa tante Marie (*QE*, p. 64). Que vaut donc l'individu pour qu'il attache un tel prix au don de sa personne ? Le mystique tantrique, lui, constate qu'il n'est rien, et n'a rien à sacrifier[3].

1. *Suite d'estampes pour Kou Kou-Haï*, *EM*, p 475

2. Voir Dossier, p. 170.

3. Un tel développement se trouvait déjà in *ER*, p. 136, à propos du prieur des Cordeliers de *L'Œuvre au noir*.

Nous sommes toujours dans la ligne de *Souvenirs pieux* et *d'Archives du Nord* dont chacun des chapitres peut être lu comme une méditation sur l'impermanence du monde et une dénonciation de la notion occidentale de personne humaine.

La fin de ce chapitre, soulignant la ressemblance physique entre la jeune Marguerite et sa tante Marie (*QE*, p. 70), amorce discrètement la réflexion de l'auteur sur sa propre mort, annonçant ainsi la démarche mystique de méditation devant l'Éternité, qui est l'objet dernier de cette écriture.

III PLACE AU RÊVE

Si l'on retrouve dans les deux premiers chapitres de *Quoi ? L'Éternité* les caractéristiques propres aux deux premiers tomes du *Labyrinthe*, le chapitre III marque une rupture complète dans le mode d'écriture, bien que l'auteur feigne de continuer à utiliser le même registre. Il s'agit de célébrer la mémoire de Jeanne, et les titres « Un grain d'encens » ou « Le trépied d'or » montrent la volonté d'idéalisation de cette idylle entre celle-ci et le père de l'auteur. Les deux chapitres suivants continuent l'histoire de Jeanne de Reval mais sur un mode plus sombre, « La déchirure » et « Fidélité » évoquant les difficultés du couple Jeanne-Egon. Ces quatre chapitres formant un tout, nous les étudierons ensemble.

La lettre que Jeanne de Reval adresse à Michel de Crayencour est présentée comme authentique, même si aucune preuve n'est donnée de cette authenticité. Or d'après les documents rassemblés par Michèle Goslar[1], cette lettre a probablement été inventée par l'auteur, d'abord parce qu'elle contient des erreurs que relève la biographe, mais surtout parce que les deux couples Vietinghoff et Crayencour s'étaient, semble-t-il, beaucoup fréquentés entre 1900 et 1903, après leurs mariages, ce qui contredit fortement la version que donne Marguerite Yourcenar.

1. *Op. cit.*, p. 85.

Quoi qu'il en soit, nous entrons avec cette page dans un autre genre de texte, et l'auteur éprouve le besoin de s'en expliquer. Elle veut, comme elle l'a fait dans ses précédents ouvrages, indiquer ses sources : « Ma principale source est Michel lui-même, qui jusqu'à la fin ne cessa jamais de parler d'elle [de Jeanne], mais il ignora sans doute bien des petits faits qui la concernaient et qu'avait connus Fernande. [...] Des récits discrets et parfois évasifs me furent faits beaucoup plus tard par des dames âgées qui avaient sans doute mis beaucoup d'eau dans le vin de leurs souvenirs. Quelques faits enfin proviennent directement de Madame de Reval, à l'unique moment où j'ai pu l'aborder en qualité d'adulte, à supposer qu'on soit adulte à vingt ans » (*QE*, p. 76).

C'est dire la fragilité des sources sur lesquelles repose désormais ce récit. Pour prévenir cette objection, Yourcenar justifie la manière dont elle a procédé pour « remplir un blanc » : « [...] à l'aide de précisions empruntées à d'autres personnes, ayant avec Jeanne une ressemblance au moins de profil, ou de profil perdu, ou placées dans des circonstances à peu près analogues, qui authentifient celles où elle a vécu. Encore le procédé n'est-il acceptable qu'à condition de choisir dans la cohue des êtres ceux qui ont appartenu au même groupe sanguin, ou à la même race d'âme... » *(ibid.)*.

L'auteur juge apparemment qu'elle fait partie de ce groupe... et on comprend dès lors comment le procédé d'identification se met en place : le récit devra beaucoup à certains événements de la vie de l'auteur, et à ses propres fantasmes. En fait, nous sommes désormais en présence, non plus d'une chronique historique, mais d'un récit imaginaire, s'appuyant cependant sur quelques faits historiques permettant de l'authentifier : on passe de l'écriture historique à l'écriture romanesque. Il ne s'agit plus d'une autobiographie au sens traditionnel du terme, même si les rêves de l'auteur nous en disent plus long sur sa personnalité qu'un récit réaliste. Le glissement s'opère de façon subreptice, l'auteur prétendant que, même si certaines scènes sont inventées, elles sont plausibles. On sait que l'école des *Annales* a mis en avant cette notion d'un fait « possible » et que, par exemple, pour pénétrer dans la mentalité des paysans du XIIIe siècle, Le Roy Ladurie s'appuie sur son imagination historique. Dans cet esprit, Yourcenar se croit autorisée à se montrer plus soucieuse de la possibilité du fait que de son exactitude (on trouve d'ailleurs de nombreuses illustrations de cette attitude dans les notes suivant les *Mémoires d'Hadrien*). Elle remplit par des suppositions possibles les trous de l'histoire, ce qui l'entraîne très vite à imbriquer l'histoire dans la fiction, et la fiction dans l'histoire. Dans un même univers diégétique, nous trouverons donc des personnages et des événements historiques, des personnages et des événements inventés.

Certes, elle avait déjà usé auparavant de cette combinaison, mais la proportion entre la réalité et la fiction va se modifier. Dans la scène relatant la mort de Marie, l'auteur s'appuie sur des faits réels (le texte des « résolutions », l'accident de chasse) pour imposer des techniques caractéristiques de la fiction (montage romanesque de la scène, style indirect libre, notations réalistes, etc.). Dans les récits concernant Jeanne et Egon, il s'agira plutôt d'imposer à une histoire imaginaire un cadre historique réel ayant pour fonction de rendre le récit vraisemblable.

I. LA FICTION DANS LE PERSONNAGE DE JEANNE

Le personnage de Jeanne fournit un exemple très significatif de cette méthode. Il prend sa source dans une femme bien réelle dont Yourcenar a gardé le prénom, Jeanne de Vietinghoff.

Cette amie de pension de Fernande, née Bricou, à Bruxelles en 1875, d'une mère hollandaise et d'un père belge dont elle était l'enfant unique, de confession luthérienne, se fiance à dix-sept ans à un prétendant suédois qui manifesta progressivement de graves troubles mentaux nécessitant un internement. Pour la distraire de cette épreuve, sa mère, devenue veuve entre-temps, l'entraîne dans un tour d'Europe au cours duquel elle rencontre le baron Conrad de Vietinghoff, citoyen russe d'origine balte, qui est pianiste. Ils se marient en 1902 et auront deux garçons, Egon, né en 1903, et Alexis, né en 1904. À la suite d'une grave maladie de Conrad, le couple s'installe à Wiesbaden vers 1906, où ils demeureront jusqu'à la déclaration de guerre de 1914. Jeanne se consacre à la rédaction de plusieurs essais mystiques, et à un roman, *L'autre devoir.* Ils vivent à Genève pendant la guerre, puis à Zurich, mais atteinte d'un cancer, elle meurt en juin 1926. Son époux lui survivra jusqu'en 1957, date à laquelle il meurt à l'âge de quatre-vingt-six ans.

Voilà donc sèchement résumés les faits essentiels de la vie de cette femme sur laquelle Marguerite Yourcenar a tellement rêvé. Jeanne va en effet représenter la mère qu'elle aurait voulu avoir, mais elle incarne aussi l'amante idéale, réunissant l'alliance de pureté et de sensualité que l'on retrouve souvent réalisée dans les personnages féminins des romans yourcenariens. Jeanne va également servir à exprimer la souffrance que vit l'auteur à travers l'expérience de femme amoureuse d'un homosexuel, et qui tente d'exorciser par l'écriture le drame qu'elle vit. C'est donc un personnage « composite », selon le terme utilisé par Freud dans son analyse des récits de rêve.

Le personnage de Jeanne est construit en opposition constante avec celui de Fernande, la mère selon la chair. Yourcenar concède quelques « charmes » à Fernande, mais vite niés par des détails désobligeants : ses seins sont trop volumineux pour sa taille mince (*SP*, p. 22) ; elle ne sait pas se coiffer ni s'habiller (*SP*, p. 21), et c'est seulement sur son lit de mort qu'elle lui concède une certaine beauté (*SP*, p. 47-48). Jeanne, elle, est d'une beauté qui éblouit (*SP*, p. 18 et *QE*, p. 111). L'auteur revient dans *Quoi ? L'Éternité* sur « la ravissante apparition en velours rose » (*QE*, p. 75). Michel « n'avait pourtant pas imaginé ce visage d'ambre pâle, ce corps praxitélien » (*QE*, p. 111). Les prestiges de la statuaire grecque (*QE*, p. 152) ou de la peinture flamande (*QE*, p. 131) sont évoqués et une aura poétique accompagne chacune des descriptions de la jeune femme.

Alors que Jeanne est noble, cultivée, intelligente, tout ce qui concerne Fernande est « petit ». Elle a une « éducation petite-bourgeoise » (*SP*, p. 21) ; dans le monde, elle a « ses petits triomphes et ses petits revers ». Elle est présentée le plus souvent comme insignifiante, sans personnalité et sans envergure. Sa vie oisive est remplie de minces soucis, de futiles occupations (*SP*, p. 28). Sa culture est superficielle, sa pratique de la musique est qualifiée de « pianotage ». Elle se montre assez sotte dans sa vie affective et son idylle manquée avec le baron H. est ridiculisée (*SP*, p. 318). Parce qu'elle s'est laissé embrasser par un jeune forestier allemand, elle se croit obligée de confesser « cette mince aventure » à son mari qui juge cet aveu assez sot. Bien entendu, Michel est « sûr [...] d'avoir été le premier homme dans le lit de Fernande » (*QE*, p. 125), Egon, lui, sait qu'il n'a pas à faire, avec Jeanne, à une « vierge de salon » (*QE*, p. 103).

La vie religieuse de Fernande n'est guère plus riche que sa vie sentimentale. Elle est faite de superstitions et de pratiques purement extérieures : culte des reliques, des images pieuses. Le confessionnal l'a habituée « au compte strict des petits péchés ». « La ferveur nue de la jeune luthérienne » (*QE*, p. 78) contraste avec ces « dévotions quelque peu sirupeuses » (*QE*, p. 77). Tout chez Jeanne est généreux. Alors que Fernande ne peut supporter l'idée d'avoir à soigner des malades (*SP*, p. 325), Jeanne, « la femme au cœur aimant[,] ne demande qu'à servir » (*QE*, p. 91). Bref, tout les oppose dans la présentation qu'en fait la narratrice, y compris le port des plumes et des fourrures, sur lequel Fernande ne montre aucun scrupule (*SP*, p. 321, 358) alors que Yourcenar prête à Jeanne ses propres réactions écologiques (*QE*, p. 108).

On reconnaîtra facilement dans cette opposition systématique entre les deux jeunes femmes le fantasme décrit par Freud sous le terme de « roman familial[1] ». Cette fiction permet à l'enfant de s'inventer une mère conforme à ses désirs et de se consoler de l'ensemble de ses insatisfactions en substituant à la mère réelle une

1. Voir Dossier, p. 184-185.

mère meilleure, plus intelligente, plus distinguée.

C'est à quoi nous assistons dans la scène qui se passe sur la plage de Scheveningue. Le choix de cette mère d'élection résulte d'une décision délibérée : « C'est peut-être parce que je veux que cette promenade ait été une sorte d'enlèvement loin du petit monde domestique connu, une espèce d'adoption, que j'ai préféré imaginer ce beau visage penché sur moi » (*QE*, p. 123). Le personnage de Jeanne correspond moins au souvenir de l'expérience elle-même qu'à son idéalisation rétrospective[1]. L'enfant veut être considérée comme la fille de Jeanne, et le texte souligne le caractère volontaire de cette construction imaginaire. Quelques souvenirs étayent cette impression d'avoir été adoptée (*QE*, p. 153). Les scènes sur la plage de Scheveningue montrent la petite Marguerite faisant partie de la famille de Jeanne au même titre que ses propres enfants (*QE*, p. 122). L'auteur rappelle aussi avec émotion les excursions en voiture à cheval en Provence, promenades qu'elle partage quelquefois avec Michel et Jeanne, et qui « resteront longtemps une de mes nostalgies », confie-t-elle (p. 160). Toute cette construction fantasmatique aboutit à la conclusion : « J'étais davantage la fille de Jeanne [...] que Michel [...] n'avait cessé de me proposer comme une image parfaite de la femme » (*QE*, p. 300).

Mais la rupture entre Jeanne et Michel va provoquer une fois de plus pour la petite fille l'expérience de la séparation. Pourtant, le culte pour cette mère adoptive subsiste,

1. Sur la théorie de Freud concernant les souvenirs d'enfance, voir Dossier, p. 184.

comme l'atteste le récit émerveillé de l'apparition de Jeanne dans le salon d'une tante de Marguerite (*QE*, p. 249-250). Malgré quatre années de séparation, c'est toujours la même émotion suscitée par sa présence : « Elle me tendit les bras. Je m'y jetai avec joie » (*QE*, p. 250). L'entrevue est de courte durée mais « Je n'étais pas même triste. Il suffisait de savoir qu'elle était belle et toute bonne » (*QE*, p. 251). On voit à quel point cette mère rêvée apparaît comme une fée bienfaisante.

L'attachement à Jeanne persistera chez Yourcenar adulte, et l'émotion que suscite sa mort est perceptible dans *Tombeaux. En mémoire de Diotime* : *Jeanne de Vietinghoff*, texte qui date de 1929[1], ainsi que dans les *Sept poèmes pour une morte* parus en 1929 et réédités dans le recueil *Les charités d'Alcippe*.

1. *EM*, p. 408-413 ; voir aussi Dossier, p. 148-151.

Alors que l'union entre ses parents repose sur un mariage de convenance qui ne suppose aucune entente physique, Yourcenar se plaît à imaginer une rencontre assez exceptionnelle entre Jeanne et son père. De son propre aveu, elle n'a guère d'éléments sur lesquels s'appuyer, les deux protagonistes ayant « toujours gardé un silence de bonne compagnie sur la nature de leurs rapports » (*QE*, p. 118) ; mais quelle que soit la base historique de cette liaison, elle est présentée dans un contexte qui l'idéalise au point qu'on peut soupçonner une grande part de fantasme dans ce récit. L'auteur se plaît à imaginer « une connivence charnelle » *(ibid.)* entre ces deux êtres, et ce qui est d'abord présenté comme une hypothèse devient vite réalité quelques lignes plus loin : « Jeanne s'est donnée simplement » (*QE*, p. 124). D'après ce qu'on sait de la vie de M. de Crayencour, il est en effet probable que « le rôle d'amant platonique [lui] eût fort mal convenu » (*QE*, p. 118), mais on peut s'interroger sur le caractère de cette relation telle que la présente Yourcenar. Celle-ci veut en effet que cet amour ait été vécu avec une intensité exceptionnelle, et elle s'appuie sur le texte d'un sonnet écrit par son père en l'honneur de Jeanne : elle voit dans « l'intimité quasi conjugale » du dernier vers le signe de « l'amour accompli » *(ibid.)*. Béatrice Ness, qui a étudié le manuscrit primitif de *Quoi ? L'Éternité* déposé à Harvard, constate cependant que le texte du poème, tel qu'il est paru dans l'édition définitive, a subi des modifications par rapport au premier manuscrit[1]. Elle en conclut que les transformations que Yourcenar fait subir au texte peuvent laisser quelques doutes sur son authenticité (nous avons déjà fait le même constat à propos de la lettre prétendument écrite par Jeanne à Michel pour l'inviter à Scheveningue après la mort de Fernande). Elle remarque tout au long du manuscrit des suppressions et des ajouts tendant à idéaliser cet amour qui semblait à l'origine « fort plat ». Yourcenar a évidemment besoin que Michel ait vécu un grand amour auprès de cette femme incomparable qui va lui servir de mère.

1. B. Ness, *op. cit.*, p. 154 *sq.*

L'AMANTE IDÉALE

Ce qui caractérise Jeanne de Reval, le personnage créé par Yourcenar, est un mélange de sensualité et de mysticisme, qui représente un idéal constant dans son œuvre. Sa piété va de pair avec ce que l'auteur appelle « une grande liberté ».

Yourcenar aime à imaginer qu'entre Jeanne et Fernande existait « une amitié particulière », hypothèse déjà évoquée dans *Souvenirs pieux*, même si elle la reconnaissait « peu plausible[1] ». L'auteur est bien obligée d'admettre qu'elle ne dispose d'aucun renseignement l'autorisant à imaginer « pareille illumination » entre les deux jeunes filles. L'insistance qu'elle met pourtant à développer cette hypothèse montre bien la part de projection personnelle dans la création de ces personnages.

1. *SP*, p. 291.

La place de l'imaginaire dans le récit est encore plus flagrante dans les pages relatant les rapports de Jeanne avec son fiancé Johann-Karl. Yourcenar accorde une importance particulière à l'éveil de Jeanne à la sensualité : « les sens prennent lentement place dans ce compagnonnage d'avant les noces » (p. 83).

Le décor participe à la solennité de leur rencontre. Le thème de la nudité dans la nature est cher à Yourcenar : le nu renvoie à l'idée de dépouillement des mystiques ; c'est le mouvement de l'ascète qui meurt à soi-même pour rejoindre le divin. « Préférer à tout la simplicité des mains vides », tel était le souhait exprimé par Jeanne de Vietinghoff dans le *Tombeau* que Yourcenar lui dédie[2]. « Il semble qu'elle aussi se dépouillât pour dormir. »

2. *Le temps, ce grand sculpteur*, *EM*, p. 412.

Zénon éprouve également ce désir de nudité complète au cours de *La promenade sur la dune.* C'est après avoir ôté ses habits qu'il s'avance dans la mer : « Nu et seul, les circonstances tombaient de lui comme avaient fait ses vêtements. Il redevenait cet Adam Cadmon des philosophies hermétiques, placé au cœur des choses, en qui s'élucide et se profère ce qui partout ailleurs est infus et imprononcé[1]. » C'est le même geste qu'accomplit Nathanaël, dans *Un homme obscur* quand, la nuit, dans son île, « il enlevait ses vêtements, et se laissait pénétrer par cette noirceur et ce vent presque tiède[2] ».

1. *ON*, p. 336.

2. *OR*, p. 1032.

S'ajoute à la nudité le thème de l'eau primordiale. La scène entre Jeanne et Johann-Karl se déroule dans l'île de Texel, lieu privilégié pour l'auteur (c'est là qu'elle a fait mourir Nathanaël). L'île est par définition coupée du reste du monde ; c'est le lieu par excellence évoquant le monde immémorial, le monde des origines, que Yourcenar place sur les rivages de la mer du Nord, lieu de dunes, de vent, de sable et d'eau, qui représente l'élément premier, donc l'endroit où se rétablit le contact avec le paradis perdu de l'origine. Cette nature primitive est le lieu choisi pour l'éveil des sens de Jeanne.

Les ténèbres donnent une intensité particulière à ce rituel, la nuit et son silence religieux favorisant cette solidarité mystique avec l'univers. Ce thème était déjà présent dans un poème, *Eudymion,* datant de 1927[3].

3. Voir Dossier, p. 151-152.

Dans cette page sur la nuit à Texel se retrouvent les notations de poésie cosmique où Yourcenar excelle, poésie faite notamment de l'intensité des sensations : toucher, ouïe (« Ses pieds nus touchent avec bonheur l'herbe rare et rude. Le vent venu de très loin souffle doucement sur elle, apportant un peu du bruit amorti des vagues ; [...] léger crissement [...] sur le sable » (*QE*, p. 84). Cette participation sensuelle au monde, ce désir de s'intégrer aux éléments est un motif récurrent dans son œuvre, et l'on y reconnaît ses fantasmes personnels.

La transgression des lois morales ou sociales se fait en toute sérénité : « elle répond simplement au désir par le désir » *(ibid.)*. Il est clair que Yourcenar n'a pu tenir de Jeanne des détails aussi intimes, et que cette page sort tout droit de son imagination. Elle est d'ailleurs inspirée de son idéologie. Dans son esprit, la quête du divin ne peut être dissociée du corps ; l'amour charnel est « une voie d'accès vers Dieu » : « Ils sont sacrés, ces rapports sensuels, parce qu'ils sont l'un des grands phénomènes de la vie universelle[1]. »

1. *YO*, p. 76, 78.

Mais Johann-Karl ne fait que « la prépare[r] sans le savoir pour un autre, qui ne sera capable de s'exprimer que par des accords » (*QE*, p. 83). C'est en effet surtout dans les pages concernant le couple Jeanne-Egon que Yourcenar va s'abandonner au rêve qui l'habite.

Dans le cadre pastoral de leurs rencontres avant le mariage, tout baigne dans un climat d'innocence et de lumière : « Tout prend pour eux une qualité de fraîcheur et de simplicité magique, comme à l'aube des temps » (*QE*, p. 99).

Le style montre que l'auteur a abandonné le genre réaliste de la chronique historique pour laisser son imagination errer dans ce monde onirique, cet univers étrange, où les deux protagonistes vivent hors du temps. « Le monde est jeune », le mal n'existe pas, les vaches vêlent facilement, les garçons et les filles dansent joyeusement ; toute la nature participe de cette innocente pastorale. La lutte entre Egon et le bélier devient « un combat quasi mythologique », et Jeanne est prise d'« une peur quasi sacrée, venue du fond des temps où hommes et bêtes étaient dieux » (*QE*, p. 100). Cette description d'un monde idyllique baigne dans la gaieté d'un paganisme proche de Nietzsche[1], qui correspond aussi aux représentations que Yourcenar emprunte à l'univers oriental.

Il s'agit pour elle de redécouvrir l'âge d'or d'avant la chute, moment où l'humanité vivait en harmonie avec le cosmos, où le fossé entre le moi et le monde n'existait pas. C'est ce qu'elle va chercher dans l'observation des animaux, et en particulier des oiseaux, à laquelle elle se livre souvent à ce moment-là : « C'est aussi le moment où je commençais à fréquenter, avec une passion qui n'a fait que grandir, le monde non humain ou préhumain des bêtes des bois et des eaux[2]. »

Elle prête à Jeanne et à Egon son goût pour l'observation des oiseaux ou des bêtes de la forêt. Si on se réfère à sa biographie, on constate, dans cette partie de son existence, plusieurs séjours à l'île de Texel (1980, 1981), ainsi qu'un circuit dans la Frise pour observer cygnes et faisans en octobre 1983 ; puis nouveau séjour à Texel, et visite de la

1. Voir Dossier, p. 176-177.

2. *L'homme qui aimait les pierres*, *EM*, p. 544.

réserve ornithologique du Zwin la même année. Les photographies de Jerry Wilson qu'elle a insérées dans son dernier ouvrage publié, *La voix des choses*[1], témoignent de cet intérêt : migration de cygnes en Virginie, ou de flamants au Kenya, nid de cigognes dans le Moyen Atlas, hippopotames au Kenya, héron bleu à Texel, colonie de cormorans au Kenya.

1. Cet ouvrage n'est en fait qu'un recueil, composé par elle, de textes qu'elle a aimés mais dont elle n'est pas l'auteur (Gallimard, 1987).

L'idylle de Jeanne avec Egon donne à Yourcenar l'occasion d'exprimer son rêve d'une union idéale. Comme nous l'avons déjà remarqué, ce qui caractérise d'abord Jeanne dans son comportement amoureux est sa très grande liberté. Même attitude dans le don d'elle-même à Egon, qu'elle va retrouver dans sa chambre (*QE*, p. 107). C'est le même adverbe « simplement » que l'auteur emploiera quelques pages plus loin, quand il s'agira de la liaison de Jeanne avec Michel de Crayencour : « Jeanne s'est donnée simplement », ce qui ne va pas sans laisser ce dernier un peu perplexe : « Il ne s'imaginait pas voir crouler si vite ce qu'il suppose être pour elle la loi morale » (*QE*, p. 124).

Pour Yourcenar, en effet, la sensualité n'est pas étrangère à la mystique ; elle y voit une sorte de rite sacré, « un instrument de connaissance ou une voie d'accès vers Dieu, si on veut se servir de ce terme ou vers un autre être dans sa pauvreté divine[2] ». Dans ce domaine, Yourcenar se sent proche de la pensée orientale ; elle célèbre, par exemple, la descente de Krishna dans la forêt parmi les bergères : « cette fête phallique est un symbole des noces de l'âme avec Dieu[3] ».

2. *YO*, p. 78.

3. Voir Dossier, p. 173-175.

La beauté de la scène où Jeanne se donne à Egon, et la solennité avec laquelle elle est commentée sont soulignées par le rythme ternaire et les métaphores : « Ce moment qu'ils avaient prévu, souhaité et craint, comme l'écueil à fleur d'eau sur lequel pourrait se briser leur intimité commençante, fut au contraire une heure de clair bonheur. Elle ne cessa jamais d'éclairer au moins un lambeau de leur vie » (*QE*, p. 107).

LE RÊVE D'UNE UNION ANDROGYNE

Dans son rêve d'une union parfaite entre ses deux héros, Yourcenar accorde à Jeanne le privilège de connaître l'état fugitif, fait d'émotions voilées et intenses qu'elle qualifie de « fusion en un tout androgyne » (*QE*, p. 110). Ces moments de transparence permettent de retrouver l'état d'éden initial où est réuni ce qui a été divisé : « Elle était lui. Elle était ses mains sur ce cahier ou sur ce livre » (*QE*, p. 109) et Jeanne ressent ce don comme une grâce mystique, « abandon et béatitude, plénitude d'être et de n'être plus » (*QE*, p. 110).

Le mythe de l'androgyne a été exposé dans *Le Banquet* de Platon, dialogue composé vers 385 avant J.-C. Les différents personnages, une fois le repas terminé, fixent, selon la coutume grecque, un sujet de discussion, ici le thème de l'amour, et interviennent chacun à leur tour. Parmi les participants figure Aristophane, qui expose une thèse assez fantastique sur les origines et l'évolution de l'espèce humaine. L'idée essentielle est l'existence primitive, en un tout indivisé, d'êtres qui se différencièrent par la suite. Ces êtres sphériques et doubles tenaient à la fois du mâle et de la femelle, d'où leur nom d'androgyne *(andros-gunê)*. À la suite d'une entreprise hardie dirigée contre l'Olympe, Zeus décide de les punir : « Je m'en vais couper par la moitié chacun d'eux », décide-t-il, et cette mesure donne naissance à l'humanité actuelle[1].

1. *Le Banquet*, Belles Lettres, 1976, 190 e, 191 a-d.

À l'origine de cette invention est une hypothèse très sérieuse émise par Empédocle d'Agrigente : avant la séparation des sexes, pensait-il, nous étions originairement des formes tout d'une pièce qui avaient surgi de la terre.

Aristophane tire de cette anthropologie une conclusion morale : nous sommes des êtres déchus dont l'impiété a causé la déchéance. L'amour est le seul remède à notre misère, l'unique moyen de notre salut par le retour à l'état de choses d'autrefois. L'amour réside donc en une aspiration confuse de notre nature à se répandre hors d'elle-même et à se compléter en communiant de pensée et de sentiment avec un autre être, de façon à devenir en deux personnes une seule âme : par la réunion, par la fusion avec l'être aimé, les deux êtres ne font qu'un. Aimer, c'est chercher à retrouver l'autre moitié de soi-même, l'« âme sœur ».

Ce mythe a toujours exercé sur l'inconscient une fascination extraordinaire. Cette nostalgie d'un retour à l'état fusionnel, hors du temps et à l'abri de toute frustration et de tout désir, est un sentiment qui persiste dans le fond de l'homme. Les alchimistes, en quête du Grand Œuvre, lui accordent une place prépondérante. Au XIXe siècle, on assiste à un renouveau d'intérêt pour ce fantasme. Jung, dans son exploration des mythes, symboles-images de l'humanité archaïque, lui reconnaît un rôle essentiel. Mircea Eliade lui consacre un ouvrage, *Méphistophélès et l'androgyne* (1962). Ce mythe baigne l'imagination littéraire et artistique du siècle dernier, et resurgit continuellement dans les mondes oniriques et imaginaires, à tous les niveaux de la vie culturelle. Les romantiques allemands, Swedenborg, et à sa suite Baudelaire et Balzac (dans *Seraphita*), Huysmans *(À rebours)*, Péladan, Oscar Wilde développent cette obsession d'un paradis perdu, d'une unité défaite. Les tableaux de Burne-Jones, de Rosetti, des préraphaélites, des nazaréens, de Gustave Moreau, témoignent de cette même recherche : ces représentations où il est impossible de distinguer l'homme de la femme, ces visages sans sexe, témoignent d'un des thèmes favoris de cette fin de siècle (qui persistera au début du XXe : *Orlando* de Virginia Woolf date de 1928).

Le fantasme de l'androgyne est évoqué par Freud pour étayer ses postulats concernant la pulsion de mort[1]. Comme le fait remarquer Julia Kristeva, « ce fantasme ne se sert des noms des deux sexes que pour mieux dénier leur différence. L'androgyne a peur de la parole qui différencie, coupe, identifie. Son bavardage amoureux est une fuite panique devant les misères et les joies de l'amour sexué[2] ».

1. « Au-delà du principe de plaisir » (1920), in *Essais de psychanalyse*, Petite Bibliothèque Payot, 1994, p. 106 *sq.*

2. J. Kristeva, *Histoires d'amour*, Gallimard, coll. « Folio-Essais », Denoël, 1992, p. 92.

Yourcenar est très sensible à ces thèmes. Cette recherche d'idéal fusionnel nie la différence ; l'antagonisme s'efface dans ce fantasme d'unification. Par la nostalgie d'un temps et d'un espace antérieurs à la section de l'être primordial (section qui fut une sexuation : *sexus* vient du latin *secare* qui signifie couper, séparer), l'androgyne recherche un être total, sans fissure, alors que l'assignation d'un sexe prive des organes et des pouvoirs de l'autre sexe. Cette restauration dans l'unité indifférenciée, où l'expérience de la dualité est abolie, représente la même régression à l'indistinct primordial que l'orgie, et manifeste le même désir de retrouver l'unité perdue.

Tel est en effet le but de ces réunions orgiaques auxquelles Yourcenar fait participer Jeanne, et qui sont comme la réalisation symbolique de l'unité indifférenciée. La subjectivité de l'individu y est abolie jusqu'à ce qu'il s'oublie complètement dans une sorte d'ivresse. Cet anéantissement de l'individu et sa fusion dans l'être primitif procurent un état que Nietzsche qualifie d'« état mystique », celui que Yourcenar fait vivre à ses héros Jeanne et Egon dans la scène dionysiaque qui se déroule à Saint-Pétersbourg (*QE*, p. 156-158).

Yourcenar part d'un cadre historique réel, celui des Ballets russes[1]. Elle fait allusion à ce contexte, en opposant le style classique de Marius Petipa au « style nouveau auquel, pour l'étrangeté de sa partition, appartient le ballet d'Egon » (*QE*, p. 156). Pour authentifier son récit, l'auteur n'hésite pas à intégrer des individus réels (le chorégraphe Fokine, la danseuse Pavlova) à des personnages imaginaires : Ida Grekoff, Anton Garsaian sont des noms attribués à des danseurs fictifs (Grekoff est le nom d'un ami de Yourcenar, peintre et illustrateur).

1. Voir Dossier sur les Ballets russes, p. 178.

Ces personnages sont imaginaires, certes, mais leurs performances artistiques évoquent celles des Ballets russes : « L'entrée sauvage d'Ida, plus qu'à demi nue, fit scandale » *(ibid.)*. Deux longues phrases reproduisent la mise en scène du ballet. La première dépeint l'entrée majestueuse du cheval blanc, avec un rythme ternaire (sa crinière, ses sabots, sa longue queue), puis saccadé avec l'évocation de « bonds et virevoltes ». La seconde phrase suit les évolutions de la danseuse en s'allongeant dans une suite de rebondissements exprimés par des participes passés épithètes *(emportée, foulée, exposée, recouverte)*. Le paragraphe se termine en donnant le sens de cette mise en scène qui montre à la fois l'union de la mystique et de la sensualité (« élégie presque mystique » évoquant un accouplement), ainsi que le rapprochement entre Éros et Thanatos (« pariade mortelle »).

Yourcenar glisse insensiblement de la chronique prétendument historique à une fiction purement imaginaire (rappelons que le mari de Jeanne de Vietinghoff était seulement un pianiste exécutant ; ces détails n'ont donc rien de biographique).

« La flamme érotique et dionysiaque passe » (*QE*, p. 157) dans la scène orgiaque qui suit la représentation, et que l'auteur qualifie de « sorte de fête androgyne » (*QE*, p. 158). Yourcenar a toujours rappelé l'urgence du sensuel contre le moralisme. La nécessité de s'interroger hors de toutes appréciations normatives est une constante de son œuvre. Hadrien, Zénon refusent de se plier à une morale qui édicterait certains comportements et en bannirait d'autres considérés comme aberrants. D'où l'intérêt de Yourcenar pour les mystiques orgiaques (ainsi, dans *L'Œuvre au noir*, la description des sectes déviantes, comme la secte des Anges dans le chapitre « Les désordres de la chair »[1]), ou encore « La mort à Münster »

1. *ON*, p. 283 *sq.*

relatant les désordres durant la guerre des Paysans[1]. Ces états d'effervescence collective abolissent le principe d'individuation[2] ; le sujet n'existe plus ; l'orgie génère l'outrepassement de soi. En mimant le désordre et le chaos au travers de la confusion des corps, le mystère dionysiaque souligne la prééminence du collectif sur l'individualisme. L'éclatement de soi, une manière de se perdre dans un flux sexuel collectif, invite à vivre la fusion dans le grand Tout cosmique. La fête dionysiaque est donc l'occasion d'une communion avec la nature ; elle fond l'individu dans une globalité qui le dépasse ; il se perd dans un ensemble plus vaste. Cette mort à soi que provoque le mélange des corps conjure la mort, l'intègre : liaison de la mort et du sexe. Bien sûr l'alcool — ici vodka et champagne — est un adjuvant idéal à la fête ; il a une fonction d'agrégation, de confusion, et facilite une dilatation de soi, une exacerbation des sens. Le vin délie les langues et les corps, fait éclater la conscience individuelle, oblige à sortir de soi. Or dans la pensée mystique, la perte et la dépense de soi sont la condition de l'extase (on sait l'importance du thème du vin et de l'ivresse chez Omar Khayam, ce poète mystique arabe du XIIe siècle que Yourcenar admire et dont elle aurait voulu pouvoir écrire la biographie[3]).

La débauche peut donc être, aux yeux de Yourcenar, une manière profondément éthique de vivre le collectif, parce qu'elle entraîne l'outrepassement de soi. Dans la scène décrite, les couples se mêlent sans distinction dans une totale promiscuité, mais on

1. *ON*, p. 80 *sq.*

2. Voir Dossier sur Nietzsche, p. 176.

3. Carnets de notes de *Mémoires d'Hadrien*, p. 329 ; et Omar Khayam, Poésie-Gallimard, 1994.

est loin de la thématique de la libération sexuelle reposant sur l'individu et son bonheur. Il faut ne pas perdre de vue l'importance de l'aspect religieux que comporte la fête dionysiaque, et l'union cosmique à laquelle elle conduit. L'ivresse, l'excès, la débauche facilitent l'accès à la fusion matricielle : être tout à tous est le signe d'une union cosmique. Le corps est intégré dans un instinct qui dépasse l'individu, une force dans laquelle le groupe assure sa liaison avec le cosmos. La fusion, le mixage des corps s'inscrivent dans un culte mystique de la nature[1].

Une des conséquences de l'exaltation des valeurs orgiastiques, où seules s'imposent les sensations et les images d'un moment, est la suppression du temps : « Le temps cesse » (*QE*, p. 158). Cette manière d'être au monde et au temps qui passe suppose en effet une éthique de l'instant. Alors que la tradition judéo-chrétienne est linéaire et progressiste, orientée vers le Jugement dernier et l'attente de la fin des Temps, le mystique, comme le débauché, s'épuise dans le présent, se perd dans l'instant. On retrouve ici l'expérience de la négation du temps (et donc du progrès) qui est une constante de la pensée de Yourcenar.

Pourtant, dans l'expression festive, dans le débridement des sens, le goût amer de la finitude est toujours présent ; c'est pourquoi la fête se termine par un signe négatif, la coupe fêlée, qui renvoie au titre du chapitre « La déchirure ».

Les caractéristiques de la fête dionysiaque réapparaissent dans le rappel d'une scène

1. Sur tous ces thèmes, voir Michel Maffesoli, *L'ombre de Dionysos, Contribution à une sociologie de l'orgie*, Livre de Poche, « Biblio-Essai », n° 4131, 1985.

vécue par Michel en Russie, qui suit immédiatement le récit de la scène de Saint-Pétersbourg. Elle se passe dans les bains publics d'un village russe, donc dans un milieu populaire, et l'auteur y attache beaucoup d'importance puisqu'elle l'a déjà racontée dans *Archives du Nord* (*AN*, p. 334). C'est le même mélange des corps, le même rôle de l'eau-de-vie, la même description d'une expérience de fusion, les corps renonçant à leur étroite individualité pour se perdre dans l'altérité absolue du collectif.

LA FEMME AMOUREUSE D'UN HOMOSEXUEL : LE « ROMAN NOIR »

Les amours de Jeanne et d'Egon vont donner à Yourcenar l'occasion de développer un autre thème qui la hante, celui de la femme amoureuse d'un homosexuel. Dès le début de leur relation, Egon fait allusion à son penchant pour les hommes : « Vous ne pensez pas que j'allais laisser Karin épouser un homme tel que moi » (*QE*, p. 106). À quoi Jeanne rétorque aussitôt, s'identifiant à la jeune fille : « Karin vous aimait peut-être tel que vous étiez » (*QE*, p. 107). Elle accepte en effet Egon tel qu'il est, ayant « décidé d'avance de ne pas souffrir » (*QE*, p. 109) quand elle sait son compagnon « à la recherche d'on ne sait quelle rencontre ». Les deux époux sont convenus d'une totale transparence : « Je me raconte à Jeanne avec une sincérité presque complète », dit Egon à Michel (*QE*, p. 139) ; il avoue que cette situation n'est pas toujours facile à vivre, au point qu'il a un jour tenté de quitter sa femme : « je suis revenu trois semaines plus tard. C'était pis » *(ibid.)*. Si Jeanne accepte avec générosité cette situation éprouvante, il arrive pourtant un moment où une faille apparaît. Egon est parti pour l'Espagne à la recherche d'anciennes musiques ibériques, et ses lettres provoquent un trouble chez Jeanne : « il semble [...] qu'une sorte d'angoisse se soit glissée dans ses rapports avec Egon, un nuage dans ce qui était entre eux un ciel bleu » (*QE*, p. 163). C'est le moment où est mentionnée une enflure à la cheville droite de Jeanne ; ce signe correspond au début d'un conflit chez ce couple présenté jusqu'ici comme vivant une union parfaite. Jeanne excuse l'homosexualité : « les préférences charnelles lui ont toujours semblé un mélange de destin et de choix, où l'esprit est intéressé comme le corps » (*QE*, p. 166). Mais elle supporte mal le spectacle de « cet Egon ramené ivre mort un petit matin dans leur appartement » *(ibid.)*. Enfin et surtout, Jeanne apprend la présence auprès d'Egon d'un jeune Bavarois, Franz, rencontré à Barcelone, et dont Egon ne lui avait jamais parlé ; « la parfaite confiance qui existait entre eux s'est brisée » (*QE*, p. 169). À partir de ce moment-là, « tout sonne faux » *(ibid.)*. Les angoisses de Jeanne tournent autour de ce Franz, « fantôme qui [l']obsède » (*QE*, p. 172). Elle comprend vite que, « pour la première fois, Egon aime ». Elle voit son mari enchaîné, devenu « la proie du dur amour » (*QE*, p. 175), ce qui l'amène à s'interroger sur sa relation avec lui : « Egon l'a à la fois libérée et enchaînée » *(ibid.)*.

Toutes ces pages sont émouvantes, car on y reconnaît une grande part de confidences personnelles. L'évolution des rapports entre Jeanne et Egon trahit de façon très claire l'évolution des rapports entre Marguerite Yourcenar et Jerry Wilson. Elle a vécu une grande passion à laquelle elle s'est laissé aller avec bonheur. Mais à partir de janvier 1982, la cohabitation avec Jerry devient plus difficile. Depuis la fin de 1981, il se montre souvent agressif, « en prend à son aise » — l'expression est utilisée à propos de Franz (*QE*, p. 174) à Petite-Plaisance, et va jusqu'à faire preuve de violence. Yourcenar manifeste à son égard la placidité qu'elle prête à son héroïne : « Je me dis que je dois à Jerry deux ans de bonheur et peut-être de vie, chose inouïe dans les circonstances où j'étais et à cette époque de mon existence. On accepte les êtres tels qu'ils sont[1]. » C'est le même constat que fait Jeanne.

Les rapports avec Jerry deviennent douloureux pour Yourcenar. Jerry aime la vie de plaisir ; elle-même se sent vieille et fatiguée. Sa biographe relève dans ses Carnets cette note : « 1er avril. Je suis décidément intellectuellement et physiquement souffrante. Choquée jusqu'au fond de l'âme[2]. » Pourtant, après un été à Petite-Plaisance, elle part en septembre 1982 pour le Japon avec Jerry, puis en Thaïlande et en Inde. À son retour, elle écrit dans ses Carnets en 1983 : « 28 mai. L'un des pires accès de dépression et ses suites[3]. » Une nouvelle tournée a pourtant

1. J. Savigneau, *op. cit.*, p. 640.

2. *Ibid.*, p. 642.

3. *Ibid.*, p. 647.

lieu en Europe en octobre 1983, puis un voyage au Kenya au cours duquel elle sera immobilisée quelque temps à la suite d'un accident de voiture. Les nuages continuent de s'accumuler entre Jerry et elle mais c'est en 1985 que commence le « roman noir » : « L'année 1985 tout entière, ainsi que les deux mois qui l'ont précédée et suivie, ont été un long roman noir avec de bien rares éclaircies[1]. »

1. *Ibid.*, p. 658.

Les épreuves que connaît Jeanne sont inspirées de celles vécues alors par Yourcenar. Jerry vient de rencontrer un jeune homme, Daniel, et il insiste pour que celui-ci les accompagne, Yourcenar et lui, en Inde. Pour ne pas provoquer la colère de Jerry, elle consent — même attitude de Jeanne (*QE*, p. 179). Elle passe alors avec eux « un Noël épouvantable » à Amsterdam et nomme cette période de novembre 1984-février 1986 l'« horrible année ». Elle supporte très mal ce compagnonnage entre Jerry et Daniel dont elle se sent exclue, mais s'efforce pourtant à une certaine objectivité dans son jugement sur lui. C'est le même comportement qu'elle prête à Jeanne vis-à-vis de Franz, le compagnon d'Egon (*QE*, p. 172). Jeanne constate que cette passion d'Egon « va à un être qu'elle ne comprend ni n'aime (*QE*, p. 175). Comme le Daniel de la réalité, Franz a besoin d'argent, et n'hésite pas à voler Jeanne. Yourcenar avait vécu des situations de ce genre : « Jerry et Daniel me demandaient soudain combien j'avais d'argent dans mon sac. Et Daniel prenait tous les billets[2]. » Daniel a initié Jerry à la drogue, et

2. *Ibid.*

l'auteur transpose à Rome en 1909 (*QE*, p. 183) un épisode qu'elle a vécu à Goa : Daniel a été arrêté par la police, inculpé de possession et de trafic de stupéfiants. Dans le récit de *Quoi ? L'Éternité,* Jeanne refuse de donner de l'argent pour libérer le jeune homme, ce qui déchaîne la colère d'Egon : « Je pourrais vous étrangler » (*QE*, p. 185). Celui-ci se livre à des propos outrageants qui visent à démolir tout leur passé commun (*QE*, p. 186). Jeanne fait preuve d'une générosité sans bornes et l'accueille près d'elle, dans son lit.

Tous ces faits sont directement empruntés à la vie de l'auteur, et l'on comprend que celle-ci ait tenté d'exorciser par l'écriture le drame qu'elle vit. On peut lui appliquer cette réflexion qu'elle fait à propos des tentatives littéraires de son père : « Il se rend compte pour la première fois que manier les mots, les soupeser, en explorer le sens, est une manière de faire l'amour, surtout lorsque ce qu'on écrit est inspiré par quelqu'un » (*QE*, p. 147).

L'idylle entre Jeanne et Egon est donc l'occasion pour l'auteur de s'identifier à son héroïne, et cette partie de l'œuvre relève plus de la confession que de la chronique historique. Soit que Yourcenar rêve d'un amour idéal, soit que, tout en les camouflant derrière des personnages, elle avoue la détresse et les souffrances que lui cause sa liaison difficile avec Jerry, nous touchons là au cœur de sa vie intime ; elle a prêté à son héroïne nombre de ses propres expériences, même si des événements réels extérieurs à sa propre histoire sont intégrés au récit pour voiler la confidence.

Un autre exemple de la part d'imaginaire dans ce récit peut se lire dans l'hallucination que Jeanne éprouve à la Villa Adriana (*QE*, p. 180-182). Ce passage a été inspiré à l'auteur par la lecture du roman de Jeanne de Vietinghoff, *L'autre devoir,* publié en 1924, et dont Yourcenar parle dans sa correspondance : « Le seul détail qui m'y ait frappé est que Jeanne y décrit sa première rencontre avec un homme qui, de toute évidence est mon père, parmi les cyprès et les ruines de la Villa Adriana. Or ils ne se sont jamais trouvés en Italie ensemble, et la première rencontre eut lieu, comme je l'ai dit, à l'occasion du mariage de ma mère, mais ce décor imaginaire la rapproche curieusement de ma constellation[1]. »

L'auteur « déplace » (au sens où Freud l'entend[2]) une information prise dans un récit fictif de Jeanne pour en faire une « hallucination » tout aussi fictive et pourtant donnée comme ayant réellement eu lieu. Il est vrai que Marguerite Yourcenar aurait voulu que Jeanne ait besoin de son père, d'où ce souhait qu'elle lui prête, inspiré de son propre désir à elle, mais qu'elle présente comme une réalité : on voit à quel point réel et imaginaire sont imbriqués dans ce récit.

Le personnage de Jeanne représente donc à la fois la mère que l'auteur aurait voulu avoir, la femme idéale qu'elle aurait voulu être, et celle qui vit son propre désir amoureux. En cela, elle relève plus de l'esthétique du rêve que de la chronique historique.

1. *Lettres,* 29 octobre 1973, p. 415.

2. Voir Dossier, p. 185-186, « Processus primaires, processus secondaires ».

Sa bonté, sa distinction, sa liberté intérieure sont le reflet des fantasmes de l'auteur, qu'elle a projetés sur plusieurs créations féminines de ses romans : analogies entre la situation familiale des héroïnes d'*Alexis ou le traité du vain combat, du Coup de grâce,* de *La nouvelle Eurydice,* mais surtout affinités de comportement entre Jeanne et Valentine dans *Anna, Soror...,* où se retrouve la ferveur mystique prêtée à Jeanne ; même qualité du silence intérieur chez la Plotine des *Mémoires d'Hadrien,* même liberté et même simplicité dans le don de soi chez la dame de Frösö de *L'Œuvre au noir,* mêmes qualités de retenue, de naturel, chez Madeleine d'Ailly dans *Un homme obscur.* Autant de traits essentiels qui témoignent de la permanence de cette figure mythique dans toute son œuvre.

II. LA FICTION DANS LE PERSONNAGE D'EGON

Si Jeanne apparaît comme une créature de rêve, le même constat peut être fait sur Egon, personnage central, avec Jeanne, de *Quoi ? L'Éternité.*

L'individu qui sert de point de départ à la création de Yourcenar est le baron Conrad de Vietinghoff, époux de Jeanne, que Yourcenar a connu dans son enfance. La rupture entre Jeanne et Michel intervient en 1909 ; la petite Marguerite a six ans. Elle reverra le baron de Vietinghoff à vingt-deux ans, lorsqu'elle cherche à reconstituer la vie de Jeanne, morte entre-temps[1]. Espérant éclai-

1. *YO,* p. 83.

rer les rapports entre son père et Jeanne, elle poursuit son enquête auprès du fils de Jeanne (qu'elle appelle Clément dans *Quoi ? L'Éternité*, p. 123, et qui, dans la réalité, se prénomme Egon...). Mais elle n'obtient guère de précisions sur la vie de ses parents ; en 1986, elle reverra Egon de Vietinghoff, mais note que sa mémoire est bien « lacunaire[1] ». C'est dire que l'essentiel du récit fait par Yourcenar est de son invention. Ce n'est pas à tort que, parlant de *Quoi ? L'Éternité*, elle disait « mon roman[2] ».

1. J. Savigneau, *op. cit.*, p. 670.

2. Propos rapporté par Yvon Bernier, qui l'a beaucoup entourée dans les derniers mois de son existence.

LE PROCESSUS IDENTIFICATOIRE

Ce personnage d'Egon s'inscrit dans la continuité des trois premiers romans de l'auteur, *Alexis ou le traité du vain combat*, *Le coup de grâce* et *La nouvelle Eurydice*.

Au cours de ses entretiens avec Patrick de Rosbo[3], Yourcenar parle de deux modèles qui lui ont servi pour son héros Alexis, et il est clair qu'elle pense alors au mari de Jeanne de Vietinghoff. Elle confirme, dans une page de *Quoi* ? *L'Éternité*, s'être servie « de l'alibi que [lui] offrait le souvenir de Jeanne et d'Egon » (*QE*, p. 138) pour parler de son aventure personnelle « avec un jeune inconnu qui lui paraissait différent des autres » (*QE*, p. 137) — allusion à une aventure de jeunesse précédant sa rencontre avec André Fraigneau. Comme Egon, Alexis est musicien, et la musique va lui permettre de se libérer : après avoir découvert que ses tendances homosexuelles sont irrépressibles, il

3. *ER*, p. 78.

décide de les accepter et de rompre avec sa femme, dont il a un enfant. Le roman de *La nouvelle Eurydice*, publié en 1931, est encore un écho de l'histoire du couple de Vietinghoff : le narrateur, Stanislas, tombe amoureux de Thérèse, la femme de son ami Emmanuel, mais finit par découvrir que c'est Emmanuel, et non Thérèse, l'objet de son amour. Au jeune amoureux d'une femme se superpose, une fois de plus, un personnage bisexuel.

Cette situation d'un homme aimé d'une femme alors que lui-même est attiré par les hommes se répète dans l'œuvre de Yourcenar en écho à son aventure personnelle.

1. Préface de *Feux*, *OR*, p. 1080.

UNE « EXPÉRIENCE PASSIONNELLE[1] »

André Fraigneau a vingt-cinq ans quand il rencontre, en 1930, l'écrivain, auteur d'un essai sur Pindare, qu'il juge digne d'être édité (il est alors lecteur chez l'éditeur Grasset). Pour Yourcenar, qui a vingt-sept ans, c'est le début d'une passion qui se déchaîne, mais elle comprend qu'elle ne sera jamais aimée ; Fraigneau n'est attiré que par les hommes et méprise ses avances.

C'est alors qu'elle écrit *Feux*, publié en 1936, « recueil de poèmes d'amour » qu'elle présente comme le « produit d'une crise passionnelle[2] », et où s'exprime un désespoir violent. Mais c'est aussi *Le coup de grâce* qui sera inspiré par son aventure personnelle, et l'on peut voir dans le comportement cruel d'Éric von Lhomond envers Sophie un écho de la relation de l'auteur avec André Fraigneau[3].

2. *OR*, p. 1075.

3. M. Sarde voit dans ce roman un « art de régler ses comptes » avec celui qui l'a éconduite (*op. cit.*, p. 250 *sq.*). Voir P. Doré, *op. cit.*, p. 123-140.

La passion provoquée par André Fraigneau sera revécue par l'auteur au moment de sa rencontre avec Jerry Wilson, et inspire quelques pages de *Quoi ? L'Éternité*.

Le nom de celui qui fut le grand amour de sa vie n'est cité nulle part dans l'œuvre de Yourcenar.

Notons cependant que la dédicace de *Feux* est adressée à Hermès, surnom qu'elle lui donnait. On peut aussi remarquer une allusion indirecte dans *Quoi ? L'Éternité* (p. 202) à propos d'un poupon en celluloïd qu'elle appela André, « nom qu'allaient porter deux hommes qui me furent chers ».

Tous ces personnages masculins ont en commun leur bisexualité. Chez Egon, cet attrait pour les hommes est vécu avec un certain sentiment de culpabilité. Sa vie amoureuse est douloureusement partagée entre le bonheur auprès de sa femme, et son attrait pour les hommes. Lors d'une conversation avec M. de Crayencour, il parle ouvertement des difficultés qu'il vit dans son foyer. Jeanne et lui ont décidé de ne rien se cacher l'un à l'autre : « Je me raconte à Jeanne avec une sincérité presque complète, c'est-à-dire presque obscène » (*QE*, p. 139). Mais, de ce fait même, reconnaît-il, « les actes cessent d'être spontanés ». La solution consistant à se taire n'est pas davantage vivable, et la séparation encore moins *(ibid.)*.

Yourcenar est elle-même fascinée par ce type d'homme bisexuel. Nous avons déjà fait allusion à un amour de jeunesse pour « un jeune inconnu qui lui paraissait différent des autres » (*QE*, p. 137). On notera l'euphémisme, Yourcenar n'employant jamais le mot homosexuel, qu'elle n'aimait pas.

Le personnage d'Egon (dont le prénom évoque le pronom latin *ego*) met en évidence le processus identificatoire. Yourcenar lui prête d'ailleurs des goûts qui sont les siens, comme cet attrait pour la mer « hargneuse » (*QE*, p. 132) ou le bain nocturne (*QE*, p. 122).

L'auteur développe à nouveau, à propos de l'enfance d'Egon, son rêve pastoral, « temps sans peur, où tout semblait neuf et permis » (*QE*, p. 104), et la nostalgie pour « cet éden a jamais perdu ».

Un passage de *Sources II* montre un autre trait de son caractère qu'elle prête à Egon. À propos de l'ouvrage de Julius Evola, *Le yoga de la puissance*, Yourcenar relève ce que l'auteur écrit sur le désir de « se purifier du dégoût », et elle commente ainsi : « Très valide en ce qui concerne le dégoût physique et nerveux qui paralyse. Dégoût de certaines femmes trop chastes et trop timides devant l'amour ; dégoût en présence des plaies, des misères physiques, des sanies, qui empêche de les soigner ; dégoût de certaines bassesses et grossièretés morales qui retire aux êtres notre sympathie, peut-être au moment où ils en ont le plus besoin pour faire mieux[1]. »

Egon, l'homme de ses rêves, ne connaît pas le dégoût : « Rien de ce qui est du corps ne me répugne », dit-il à Jeanne (*QE*, p. 102) ; il ne montre pas la moindre répulsion devant « [l]es traits bouffis et décolorés par les meurtrissures de Jeanne à la suite de son accident » (*QE*, p. 164). Jeanne et lui soignent les blessés, alors que pour Fernande, l'idée d'avoir à s'occuper de malades soulève en elle des dégoûts dont elle sait ne pas pouvoir se défaire[2].

1. *Sources II*, p. 83.

2. *SP*, p. 325.

AVENTURE ET CRÉATION

Mais les pages les plus émouvantes, à propos d'Egon, sont celles qui évoquent « l'homme des douleurs » (*QE*, p. 170) : « L'homme qui a assumé sa chair, a consciemment tenté d'en satisfaire les désirs et les fantasmes, lui a fait courir dans cette ville nocturne tous les dangers que court la chair » (*QE*, p. 170-171). L'auteur, dès le début du récit, nous fait pressentir le lien entre ces brusques escapades d'Egon et son activité créatrice. Cette conception de la nature de l'artiste est proche de celle de Thomas Mann, à qui Yourcenar a consacré toute une étude[1]. Ce dernier oppose la vie qui se déroule dans la normalité, et l'art qui pousse ses racines dans les forces obscures du chaos. Les héros de Mann s'enfoncent dans l'aventure de la création et marchent à la recherche d'horizons nouveaux, en refusant « les simples et rassurantes notions d'équilibre, de santé, de bonheur si importantes pour le vieil humanisme gréco-latin de type traditionnel, [qui] sont absentes de cet humanisme qui passe par l'abîme[2] ». Yourcenar rappelle aussi « les plaintes de Tonio Kroger maudissant l'équivoque condition de l'artiste et le scandale inhérent à la création artistique elle-même[3] ».

1. *EM*, p. 165-194.

2. *EM*, p. 169.

3. *EM*, p. 180.

Comme les créateurs de Thomas Mann, Egon, dans « cette aventure de l'esprit en route vers soi-même », doit « affronter des périls quasi monstrueux qui assaillent l'homme au sortir des parages connus et permis[4] ». Mais alors que Mann éprouve « un reste de timidité bourgeoise ou de réprobation puritaine », Yourcenar, elle, admire cette audace d'aventurier. Semblable à Rimbaud, sous le patronage duquel elle a placé

4. *EM*, p. 170.

son dernier livre, Egon ne cesse d'aspirer à l'impossible, exigence caractéristique du héros. Son entreprise est inspirée par un désir d'absolu, qui le fait accéder à un univers interdit à l'homme ordinaire.

Cette partie de *Quoi ? L'Éternité* est donc l'histoire de l'éveil d'une conscience d'artiste, et nous voyons Egon en franchir les différentes étapes. Dès le début de sa carrière, il se permet des libertés rythmiques et tonales qui préludent aux « audaces iconoclastes de l'avenir » (*QE*, p. 97). Yourcenar retranscrit en comparaisons littéraires, à la manière de Proust, les impressions ressenties par Jeanne à l'écoute de ces notes « tantôt fermes comme [...], tantôt déchirantes comme [...], tantôt douces comme... » *(ibid.)* et dont elle comprend la nouveauté par rapport aux musiques romantiques ou impressionnistes. Puis la carrière d'Egon commence à prendre forme, à la fois comme compositeur et comme exécutant (*QE*, p. 127). Le commentaire musical aux poèmes d'Angelus Silésius[1], qui l'occupe lors de son séjour à Scheveningue (p. 129), témoigne de ses préoccupations mystiques. Avec le ballet *Le cheval blanc au bord du lac,* qui se joue à Saint-Pétersbourg, « musique presque scandaleusement nouvelle » (*QE*, p. 143), Egon franchit une nouvelle étape. Il est tout à fait intéressant de constater que Yourcenar a tenu à faire participer son héros à l'entreprise artistique révolutionnaire des Ballets russes, laquelle a constitué un creuset où se sont forgées les valeurs esthétiques des générations suivantes[2] (le chorégraphe Michel Fokine

1. Poète mystique, 1624-1677. Né en Silésie, d'où son pseudonyme, il fréquente les disciples de Jacob Böhme et devient un champion de la Contre-Réforme.

2. Voir Dossier, p. 178.

est cité par l'auteur comme adhérant passionnément à l'esthétique du ballet d'Egon, *QE*, p. 156). Toujours en quête de nouvelles formules artistiques, il part « à la recherche d'anciennes musiques ibériques » (*QE*, p. 162). Son évolution vers une « monodie pure » est annoncée (*QE*, p. 146), quand il songe à composer sur *Le labyrinthe du monde* de Coménius. À l'époque, « il ne se sent pas prêt pour l'écrire ». Le projet sera repris, mais l'œuvre « tomba [...] à plat, l'heure de la musique atonale n'ayant pas encore sonné » (*QE*, p. 162).

La référence à Novalis (*QE*, p. 170) rend bien compte aussi de ces expériences limites : le romantisme allemand vise la rencontre de la littérature avec l'impossible. L'écriture devient voyage au bout de la nuit, à la limite de l'être, avec tous les risques que comporte cette expérience. L'exhortation à la démence, méthode violemment moderne, est déjà chez Rimbaud, à qui, rappelons-le, Yourcenar a emprunté le titre de son ouvrage, et qui prône « l'immense dérèglement de tous les sens ». Egon, dans cette lignée, a besoin de se griser. Il compose après ces « moments de liberté sauvage, qu'il s'agisse de chevaux ou de randonnées dans les bois, de rencontres fortuites, de contacts anonymes et nocturnes, le tout assaisonné, elle le comprend aujourd'hui, d'une pointe de danger » *(ibid.)*. Et Jeanne s'interroge : « Y a-t-il là ce besoin de l'abus, cette fièvre d'aller jusqu'au bout de soi ? » (*QE*, p. 175).

Il est tout à fait intéressant de voir à quel point Yourcenar, qui passe pour un écrivain résolument classique, prône, à la fin de sa vie, un modèle de créateur aussi moderne. Egon pratique en musique la mutation qu'avait réalisée Rimbaud, mais surtout Lautréamont et Mallarmé en littérature. Yourcenar a compris que le monde change, et que les œuvres de l'avant-garde sont le symptôme de cette mutation. Il n'est donc pas possible que ces créateurs s'expriment dans la langue traditionnelle : Egon s'inscrira dans le mouvement initié par Schönberg, qui casse l'équilibre de la syntaxe classique[1], réalisant en musique ce qu'elle-même n'a pas voulu (ou pas su ?) faire en littérature. Les réflexions à ce propos sur son oncle Octave, dans *Souvenirs pieux,* sont significatives : cet écrivain assez médiocre, bien que doué d'une grande sensibilité, avoue : « La langue que parle mon être intime est encore à trouver » (*SP*, p. 248). Octave, trop imprégné de respectabilité bourgeoise (esprit de foi, esprit de famille), n'était pas assez fort pour se faire explorateur du chaos, d'où les limites de sa recherche esthétique. Si Yourcenar a relevé cette phrase de son journal, c'est peut-être parce qu'elle trouvait en elle un certain écho. On pourrait aussi rappeler son commentaire à propos du *Docteur Faustus,* sur « ce piètre docteur Zeitblom, capable d'analyser ce qui l'épouvante, d'aimer ce qui le dépasse[2] ». Dans une lettre à Jean Mouton du 7 avril 1966, Yourcenar précise sa position vis-à-vis de l'art moderne : « La démarche de l'artiste allant jusqu'au bout de la décomposition des choses, qu'il s'agisse des techniques, des idées, des sentiments tenus pour valables, ou

1. Voir Dossier, p. 179.

2. *EM*, p. 190. Ce personnage est le narrateur du roman de Thomas Mann, individu fort banal, représentant l'humanité ordinaire.

des formes elles-mêmes, m'est instinctivement pénible, mais je me rends bien compte qu'elle va dans le même sens que certaines recherches de la science pure [...], en somme d'un certain élan à la fois infiniment dangereux et vraiment prométhéen qu'il est difficile de dénier à l'homme[1]. » Il est significatif que Yourcenar ait choisi de faire d'Egon l'artiste moderne qu'elle n'a pu être.

1. *Lettres*, p. 239. Voir Dossier, p. 161-163.

Sur le plan affectif, il n'est pas innocent non plus que les dernières lignes consacrées à ce personnage reprennent exactement la situation développée dans un de ses romans de jeunesse, *Le coup de grâce.* Nous reviendrons sur ce point. Au seuil de la mort, Yourcenar retrouve les fantômes de sa jeunesse, et l'on peut dire que ce personnage d'Egon l'a véritablement accompagnée tout au long de sa vie.

LA LOGIQUE DU RÊVE

Les amours de Jeanne et d'Egon nous entraînent donc dans un univers de rêve, où les héros apparaissent souvent comme le double de Marguerite. Cette opération de substitution camoufle le caractère personnel de l'histoire tout en le révélant, puisque les déboires conjugaux entre Jeanne et Egon sont empruntés à la réalité que vit l'auteur dans les années quatre-vingt. Dans ces pages, une autre logique s'installe : le texte obéit à un mode de fonctionnement proche de celui que Freud a défini à propos du rêve[2]. Selon cette problématique, il s'agit bien ici

2. Voir Dossier, p. 185, « Processus primaires, processus secondaires ».

de « processus primaires », si on la compare à la construction très dirigée et consciente, que Freud appelle « processus secondaires », auxquels obéissaient les deux premiers volumes du triptyque.

Un de ces mécanismes est le *déplacement*. Nous avons vu, par exemple, que, lors du dialogue entre Michel et Egon sur la plage de Scheveningue, l'auteur déplace la conversation qui a eu lieu entre son père et elle à Antibes vingt ans plus tard. Comme dans le rêve, les temps se chevauchent, le futur recouvrant le passé. Ces glissements sont constants dans *Quoi ? L'Éternité,* une situation actuelle faisant revivre un conflit antérieur ou un rêve. C'est cette même logique qui gouverne la scène de rupture, au Louvre, entre Jeanne et Michel : l'auteur déplace dans la bouche de Jeanne les griefs qu'elle adresse secrètement à son père. Nous avons analysé aussi le déplacement opéré lors de l'hallucination de Jeanne à la Villa Adriana (*QE*, p. 180-182).

Un autre mécanisme emprunté au rêve est celui de la *condensation*. Divers éléments peuvent être rassemblés en une unité disparate. Jeanne et Egon, nous l'avons vu, sont des « personnages composites ». Freud désigne par ce terme le fait que l'image du rêve peut être constituée de traits qui dans la réalité sont ceux de plusieurs personnes. C'est bien le cas pour Jeanne comme pour Egon. On pourrait bien sûr objecter que ces procédés sont fréquents en littérature, mais ce sont des romanciers qui les utilisent. Or ici, l'auteur est censé raconter la vie de personnages historiques. Pourtant, le texte glisse constamment de la réalité au rêve sans que rien dans l'énonciation ne manifeste un changement de statut.

Cette partie de l'œuvre est, en fait, la plus authentiquement autobiographique, parce que Yourcenar, plus ou moins consciemment, y révèle les ressorts cachés de son écriture et de sa personnalité. Par ailleurs, le ton est beaucoup plus libéré que dans le reste de l'œuvre. Elle se livre plus spontanément, ayant pris, semble-t-il, une plus grande distance par rapport à ses affects. Il suffit de comparer le désespoir exacerbé qui s'exprime dans *Feux* après la rupture avec André Fraigneau avec le chagrin réel, certes, mais maîtrisé quand il s'agit de la disparition de Jerry (*QE*, p. 274). L'âge peut expliquer la résignation, mais, surtout, la vision mystique à laquelle Yourcenar s'est exercée dans les années qui précèdent lui permet dorénavant d'assumer les drames de son existence, l'écriture l'aidant à les vivre positivement. D'où l'impression de libération que l'on ressent à la lecture de ce dernier livre.

Le style lui-même révèle cette nouvelle nature du texte. Un exemple assez frappant se trouve dans la page au cours de laquelle Jeanne a été élue comme la vraie mère (*QE*, p. 122-123). Marguerite, retrouvant le fils de Jeanne dans sa vieillesse, évoque avec lui son enfance, en s'efforçant de savoir ce qui s'est réellement passé entre les parents. La narratrice fait parler le fils de Jeanne (qu'elle appelle Clément, alors que dans la réalité son prénom est Egon...). Il intervient dans le récit au style direct : « Quel dommage, Marguerite, que nous ne nous soyons pas retrouvés et mariés à vingt ans ! » (*QE*, p. 123). L'émotion devant cette évocation d'un lien amoureux possible avec le fils de Jeanne est forte, compte tenu de la fascination qu'exerce sur l'auteur la vie de ce couple. La réponse de Yourcenar se veut raisonnable, ne laissant rien transparaître : « Votre premier mariage, Clément, a été vite suivi d'un retentissant divorce, et trois sur quatre des autres n'ont pas, m'avez-vous dit, mieux tourné. Il est douteux que le nôtre eût plus réussi » *(ibid.)*. Mais alors que l'analyse rationnelle réfute le propos, la réminiscence provoque un tel affect que le texte se brouille : « Mais dites, Marguerite, Clément ne serait-il pas votre frère ? » *(ibid.)*.

Quel est le personnage qui a pris ici la parole ? Il n'est nullement présenté au lecteur, lequel n'est pas censé savoir que ce Walter qui intervient est un universitaire américain ami de Yourcenar (qui s'est chargé, après la mort de Grace, de la traduction anglaise de ses ouvrages ; c'est lui qui prononcera l'éloge funèbre de Yourcenar, lors de ses funérailles). L'étonnante irruption dans le texte d'un dialogue situé à une tout autre époque fait que, comme dans le rêve, trois séquences temporelles et trois lieux se superposent : l'épisode de la plage de Scheveningue, celle de la confrontation des souvenirs avec le fils de Jeanne lors d'une rencontre en Suisse « en fin de parcours », et enfin celle d'un commentaire fait plus tard aux États-Unis par un ami. L'évocation de cette possibilité d'un lien fraternel avec « Clément » provoque une réponse qui, là encore, se veut raisonnable : « Non, Walter, les dates sont contre » *(ibid.)*. Mais le trouble se laisse lire dans le texte, non seulement par l'irruption de ce dialogue avec un personnage non présenté, mais aussi par la formule familière qui tranche avec la phrase très littéraire qui précède — vocabulaire rare (rejointoyer), métaphore soignée, valeur généralisante donnée par le pluriel. On pense à la remarque d'André Green : « L'analyse rationnelle dit non, mais le désordre décelable dans l'énonciation dit oui[1]. » Le rêve se laisse lire dans le texte, même si celui-ci avoue négativement son contraire. La phrase « Les dates sont contre » signifie en réalité « Je veux que les faits soient réels, malgré les dates ». L'aveu échappe à l'auteur, qui se laisse envahir par l'émotion et perd le contrôle du texte. De même qu'un lapsus dit autre chose que ce que je voulais, la logique du rêve supplante la logique rationnelle et laisse filer le texte au gré des fantasmes.

1. André Green, *Le travail du négatif*, Éditions de Minuit, coll. « Critique », 1993, p. 45.

IV LES CONFIDENCES PERSONNELLES

Nous avons vu que cette œuvre a été rédigée par à-coups, sans plan préconçu, ce qui a pour conséquence une plus grande spontanéité dans l'écriture. Le chapitre « Les miettes de l'enfance » en témoigne. Les pages précédentes nous entraînaient dans la fiction du couple Jeanne-Egon, et brusquement Marguerite Yourcenar se met en scène plus directement. Le lecteur est en effet frappé par la liberté de ton qui règne dans cette partie du volume, où les confidences personnelles se font nombreuses. L'auteur aborde enfin le récit des souvenirs d'enfance tant de fois éludé, puisque les deux précédents volumes se terminaient sur la vision du nourrisson au berceau, et que le début de *Quoi ? L'Éternité* est à nouveau consacré aux amours du père. Ce récit d'enfance proprement dit, abordé seulement au septième chapitre, se poursuit durant vingt-quatre pages (*QE*, p. 199-223), sur les trois cent trente-sept pages du volume. C'est évidemment peu, mais en fait, les confidences débordent ce chapitre et le lecteur a l'impression de pénétrer davantage dans l'intimité de l'auteur.

I. LE MILIEU FAMILIAL

Le cadre est d'abord posé : tableau sans indulgence d'une époque et d'une caste disparues. La solennité du repas de cette petite fille face à sa grand-mère, « séparée de la sarcastique vieille dame par la circonférence de la nappe damassée, et par un espace de plus de soixante-dix ans » (*QE*, p. 213), entourée des tableaux des ancêtres « raides et pompeux » (*QE*, p. 214), servie par un valet de chambre « au gilet rayé » *(ibid.)*, tout cela n'est pas sans rappeler les soirées de Combourg chez Chateaubriand. La description se poursuit par l'évocation de la Salle des Gens, dont la truculence, la gaieté, la sensualité font penser à certains tableaux flamands. La dernière note rappelle la dureté de cette société qui exploite sans vergogne les enfants pauvres : c'est jusqu'à la nuit tombée que la petite Marie devra poursuivre sa tâche, attelée à sa baratte comme une esclave, avant de repartir au village « emmitouflée dans son châle noir » (*QE*, p. 215).

Le lecteur retrouve dans ces chroniques le coup de griffe de Yourcenar sur cette société qu'elle regarde sans complaisance, en particulier quand il s'agit de décrire un christianisme superficiel et étriqué, reposant sur un culte purement extérieur et sur des pratiques superstitieuses (*QE*, p. 204-205, 210). Cependant les grands rituels de la procession de la Saint-Jean, de Noël, de la Semaine sainte produiront sur la petite fille de fortes impressions : « Enfant, j'étais très sensible aux fêtes religieuses, aux représentations des anges, des saints », confie-t-elle à Matthieu Galey[1]. Elle rapproche les sentiments qu'elle a alors éprouvés, devant l'effigie du Christ aux outrages d'une petite église de village, de ceux qu'elle prête à l'héroïne d'*Anna, Soror...* dans « la chaude nuit d'amour du Jeudi au Vendredi saint » ; « le curieux mélange de la sensualité qui s'ignore, de la pitié, du sens du sacré » est une expérience sur laquelle elle revient dans *Les yeux ouverts* où elle exprime son émotion de petite fille devant les images sacrées[2].

1. *YO*, p. 34, 38.

2. *YO*, p. 38.

II. LE TRAUMATISME DE LA DISPARITION DE BARBE

À partir du septième chapitre, un élément nouveau apparaît dans le récit ; c'est le constat, discret mais persistant, de la solitude de l'enfant. « La déchirure » laissait déjà entrevoir la vie quotidienne de la petite, livrée aux bonnes. Certes, son attachement à Barbe, la jeune femme de chambre devenue nurse après la mort de Fernande, est réel. Elle l'avait proclamé au début de *Souvenirs pieux* : « Barbara ne fit pas que remplacer pour moi la mère jusqu'à l'âge de sept ans ; elle fut la mère » (*QE*, p. 65) et l'affirmation est reprise dans *Quoi ? L'Éternité* : c'est Barbe qui lui a donné les premiers soins, qui l'a entourée d'affection, qui a couvert de baisers son petit corps d'enfant (*QE*, p. 216).

Mais enfin Barbe n'est qu'une domestique, et le texte souligne ses insuffisances, sa vulgarité, son goût du ragot (*QE*, p. 149, 153). C'est sans ménagement qu'elle met la petite Marguerite en présence de la mort (*QE*, p. 206), et, pis encore, elle prend plaisir à la tourmenter en évoquant ce que sera son sort après la mort de son père (*QE*, p. 150). Son dévouement semble limité : lors des fréquents séjours à Monte-Carlo, elle ne l'a « jamais menée, par ces hivers pourtant si doux, marcher pieds nus sur le rebord des rochers » (*QE*, p. 151). Le reproche est manifeste. Et si l'auteur tient à minimiser la désinvolture de la domestique abandonnant seule l'enfant dans la salle de cinéma, elle mentionne les terreurs nocturnes qui en sont bien la conséquence. Sans doute, Marguerite ne manque matériellement de rien, mais de tels comportements mettent en évidence les carences affectives qu'elle a subies durant son enfance.

Reste que Barbe représentait pour elle le substitut maternel, celle qui dispensait les soins et les caresses, et qu'elle va lui être arrachée sans le moindre ménagement. Dans *Quoi ? L'Éternité,* Yourcenar fait revivre avec force le désespoir de la petite fille découvrant brutalement la disparition de celle qui, depuis sept ans, lui tenait lieu de mère (*QE*, p. 219). Aucune préparation pour subir ce traumatisme ; et ce qui le rend encore plus intolérable, c'est la comédie à laquelle se livre son entourage, et à laquelle participe lâchement son père. D'où la conséquence terrible : « On m'avait menti. Je ne fis désormais plus entièrement confiance à personne, pas même à Michel » (*QE*, p. 220), ce qu'elle avait déjà dit dans *Souvenirs pieux* : « La petite fille un peu farouche que j'étais alors ne faisait pourtant tout à fait confiance à aucune grande personne » (*SP*, p. 154). La voilà désormais abandonnée aux « bonnes » qui se succéderont pour s'occuper d'elle, sans pour autant trouver chez son père une compensation à ce manque affectif.

III. LA RELATION AU PÈRE

Marguerite Yourcenar a toujours voulu montrer qu'une entente profonde régnait entre son père et elle. Il s'agit d'un homme prestigieux, « être humain de la grande espèce » (*QE*, p. 234), et leur relation ne peut être qu'exceptionnelle. Telle est la version officielle, que corrobore le fait que M. de Crayencour a pris lui-même en charge l'éducation de sa fille : il n'était pas question d'envoyer une aristocrate sur les bancs de l'école (*QE*, p. 206). Ce père sait aussi entraîner l'enfant dans un monde magique où les chèvres ont des cornes dorées, et où les oranges poussent dans le jardin (*QE*, p. 150, *QE*, p. 200). Il instaure le « rituel » (*QE*, p. 149) des contes racontés au coin du feu, mais sitôt accompli ce devoir, il s'éclipse, et la narratrice laisse échapper ces mots révélateurs : « Ce qui m'effrayait, c'était l'absence » (*QE*, p. 150). Elle ne cache pas sa souffrance d'enfant essay[ant] de s'endormir le plus tard possible, espérant entendre les pas de Michel crisser sur le gravier du jardin » *(ibid.)*. L'attente de la petite fille restera vaine, Michel étant occupé ailleurs, comme nous le montre amplement le chapitre « Les miettes de l'amour ».

On comprend dans ces conditions l'interrogation de la narratrice essayant d'analyser les sentiments de la petite fille vis-à-vis de ce père si peu présent : « Je ne sais si j'aimais ou non ce Monsieur de haute taille, affectueux sans cajoleries, qui ne m'adressait jamais de remontrances et parfois de bons sourires. Il était pour moi la grande personne autour de laquelle tournait la mécanique de ma vie » (*QE*, p. 149-150). Le père remplit son rôle, mais avec peu d'élan, un enfant n'est pas dupe : il accorde « le baiser très aimant, mais aussi assez routinier du père français qu'était Michel, se penchant sur la petite fille pour l'embrassade du soir » (*QE*, p. 216). Le vocabulaire montre le caractère un peu convenu de ces relations. Un seul souvenir a marqué l'enfant, quand elle a été prise sur les genoux alors qu'elle était malade, et, que le père a chanté une berceuse (*QE*, p. 246). Un autre geste affectueux est souvent mentionné, celui de l'enfant tenue par la main (*QE*, p. 26, 200, 219, 232). En dehors de ces rares moments, les rapports restent distants. Les contacts de Michel avec sa fille sont surtout d'ordre intellectuel[1]. Il s'intéresse à l'éveil de cette enfant si douée, et qui, elle, a bien compris qu'elle peut, par ce moyen, retenir auprès d'elle cet homme si peu disponible — avec l'institutrice, l'apprentissage est nettement moins attrayant (*QE*, p. 229). D'où la somme inouïe de lectures que la petite Marguerite absorbe (*QE*, p. 222), et qui révèle une maturité précoce chez cette enfant privée de tout contact avec des enfants de son âge[2]. L'enfant est ballottée d'un salon à l'autre, au gré des aventures du père. Elle ne découvre que tardivement le jeu des relations enfantines : « Pour la première fois, j'avais des camarades de mon âge et de ma taille » (*QE*, p. 245). Seuls les aléas de la vie sentimentale de Michel commandent ces rapports.

1. *YO*, p. 23-24.

2. Sur ce comportement caractéristique du *faux-self*, voir Dossier, p. 189, les analyses de Winnicott.

YOURCENAR ET SARTRE : DEUX ORPHELINS

Ce sentiment d'être privé d'une relation avec d'autres enfants rappelle l'enfance de Sartre (ils sont tout à fait contemporains, Sartre étant né en 1905, Yourcenar en 1903). Dans une scène des *Mots* (1964), l'enfant, se promenant au Luxembourg avec sa mère, attend désespérément qu'on l'invite à jouer : « Nous allions d'arbre en arbre et de groupe en groupe, toujours implorants, toujours exclus[1]. » Sartre, comme la petite Marguerite, est un enfant solitaire, « sans frère ni sœur et sans camarade[2] ». Tous deux ont vécu très jeunes dans les livres : « J'ai commencé ma vie comme je la finirai sans doute, au milieu des livres[3]. » « Seul au milieu des adultes, j'étais un adulte en miniature et j'avais des lectures adultes[4]. » « Je vivais au-dessus de mon âge, comme on vit au-dessus de ses moyens[5]. » Autant d'aveux de Sartre qui évoquent l'éducation reçue par la petite Marguerite.

Tous deux ont été dans leur prime jeunesse des enfants dociles, se prêtant à la comédie qu'attendent d'eux les adultes : « Et puis j'étais un enfant sage : je trouvais mon rôle si seyant que je n'en sortais pas[6]. » C'est la même impression de soumission que met en évidence la scène où la petite Marguerite se prête au jeu mondain : « J'allai dire merci à la dame » (*QE*, p. 242). Impression confortée par la photo, que décrit l'auteur, de la petite fille « troublante à force d'être bien sage, les cheveux répandus sur la chemise qui découvre très bas la poitrine potelée et les jeunes flancs lisses » (*QE*, p. 203).

Il est intéressant de constater que les écrivains se livrent tous deux au jeu de l'« irréel du passé » selon l'expression de Philippe Lejeune[7], et se plaisent à imaginer ce qu'ils auraient été « si ». Tous deux constatent avec soulagement que leur parent décédé n'a pu peser sur leur existence. Yourcenar développe dans *Souvenirs pieux* tous les inconvénients auxquels l'aurait exposée la vieillesse de sa mère : « Tout porte à croire que je l'aurais d'abord aimée d'un amour égoïste et distrait, comme la plupart des enfants, puis d'une affection faite surtout d'habitude, traversée de querelles, de plus en plus mitigée par l'indifférence, comme c'est le cas pour tant d'adultes qui aiment leur mère » (*SP*, p. 66).

1. Sartre, *Les mots*, Gallimard, 1964, p. 111.
2. *Ibid.*, p.50.
3. *Ibid.*, p.29.
4. *Ibid.*, p.55.
5. *Ibid.*
6. *Ibid.*, p.17.
7. *Autofictions & Cie*, publication de l'université de Paris X, Centre de recherches interdisciplinaires sur les textes modernes, n° 6, p. 22 *sq.*

Cette impression de l'avoir échappé belle se retrouve chez Sartre imaginant le poids qu'aurait représenté pour lui un père : « Eût-il vécu, mon père se fut couché sur moi de tout son long et m'eût écrasé. Par chance, il est mort en bas âge ; au milieu des Énées qui portent sur le dos leurs Anchises, je passe d'une rive à l'autre, seul et détestant ces géniteurs invisibles à cheval sur leurs fils pour toute la vie ; j'ai laissé derrière moi un jeune mort qui n'eut pas le temps d'être mon père et qui pourrait bien être aujourd'hui mon fils. Fut-ce un mal ou un bien ? Je ne sais ; mais je souscris volontiers au verdict d'un éminent psychanalyste : je n'ai pas de *surmoi*[1]. » Affirmation dont la naïveté rappelle la proclamation de Marguerite Yourcenar : « Je m'inscris en faux contre l'assertion, souvent entendue, que la perte prématurée d'une mère est toujours un désastre, ou qu'un enfant privé de la sienne éprouve toute sa vie le sentiment d'un manque et la nostalgie de l'absente. Dans mon cas, au moins, les choses tournèrent autrement » (*SP*, p. 65).

1. *Les mots, op. cit.*, p. 11.

Comme le fait remarquer P. Lejeune, « l'irréel du passé est, chez Sartre, comme la cicatrice d'un conflit intérieur, ou son exorcisme. Il présente sur le mode d'une sorte de dénégation (Dieu merci, cela n'a pas été !) ce qui est plutôt de l'ordre du dépassement (Dieu merci, cela n'est plus !) et peut-être n'est-il pas trop sûr que cela ne soit plus... Ces jeux d'hypothèses tracent le champ des forces dans lesquels leur personnalité s'est construite — et continue à se construire[2] ». La même remarque peut s'appliquer à Marguerite Yourcenar : il est clair que, dans son cas, le refus de la mère est un élément primordial dans la construction de sa personnalité.

2. P. Lejeune, *op. cit.*, p. 25.

Le mot solitude revient souvent pour décrire les impressions d'enfance. Dans la Villa des Palmes, à Monte-Carlo, l'enfant se retrouve « seule dans un grand paysage vide »

(*QE*, p. 148), malgré le défilé des visiteurs qui lui restent totalement étrangers. Elle a peur dans sa grande chambre sans meubles où elle se sent perdue, dans l'obscurité, en proie aux cauchemars (*QE*, p. 149). Son père n'a pas pris en compte les besoins de l'enfant pour choisir ce lieu de séjour de la Villa des Palmes, « pompeuse demeure un rien délabrée », « logis pour banquier prêt à faire faillite ou pour diva sur le retour » (*QE*, p. 144) ; seule a joué la proximité du Casino, car, depuis la mort de Fernande, M. de Crayencour est repris par la folie du jeu.

Une grande partie du chapitre « Les miettes de l'amour » est consacrée aux maîtresses de M. de Crayencour, et le défilé n'est guère flatteur. Toutes ces femmes sont superficielles, intéressées, sans aucune curiosité intellectuelle, et sans davantage de scrupules moraux. Vis-à-vis de la petite fille, c'est l'indifférence totale, que Yourcenar met en scène dans quelques passages caustiques, par exemple, le cadeau fait à la fillette d'un œuf en chocolat d'une taille ridicule, et dont celle-ci ne sait que faire (*QE*, p. 242). Michel vit cependant à l'aise dans ce monde artificiel, et la narratrice a ces mots sévères, qui expliquent le titre péjoratif du chapitre « Les miettes de l'amour » : « Tout se passe comme s'il avait échangé la pièce d'or inaltérable contre une poignée de brillantes paillettes » (*QE*, p. 233). Yourcenar ne lui pardonne pas de n'avoir pas su garder l'amour de Jeanne, et de se contenter de cette médiocrité mondaine. Elle le voit désormais avec un autre regard (*QE*, p. 246). D'où le triste constat :

« Il n'est plus qu'un homme du monde » (*QE*, p. 247).

Le chapitre se clôt sur deux épisodes, en apparence sans rapport avec les pages précédentes consacrées aux différentes maîtresses, mais en fait provoqués par ce sentiment d'abandon qu'éprouve l'enfant. Celle-ci s'est emparée, chez un ami, d'un jeu de cartes dont elle n'a, en réalité, nulle envie ; rentrée chez elle, elle se met à sangloter, ce qui attire évidemment l'attention du père *(ibid.)*. C'est à quoi tendait ce scénario, comme le montrent les analyses de Winnicott pour qui un enfant qui vole ou qui ment fait l'aveu de sa détresse et témoigne d'une frustration affective ; il lance un appel au secours[1]. Le second « méfait », tout aussi gratuit, obéit à la même motivation : le mensonge assez extravagant « sortit de ses lèvres » (*QE*, p. 248). L'expression montre bien que cette fabulation n'est pas concertée, mais qu'elle lui échappe, sans qu'elle en comprenne le sens. C'est encore un de ces actes par lesquels l'enfant revendique que son entourage lui accorde du temps, de l'intérêt. Il est significatif que ces pages se situent à la fin du chapitre consacré aux maîtresses du père, et au constat d'un changement d'attitude à l'égard de l'enfant.

1. « *Morale et éducation* », in *Processus de maturation chez l'enfant*, Payot, 1970. p. 68. Voir Dossier, p. 189 *sq.*

Autre épisode éclairant sur l'anxiété de la fillette abandonnée à sa solitude et à l'angoisse : le père vient d'emménager dans un nouvel appartement, avenue d'Antin, alors qu'un décès se produit dans l'immeuble : « J'avais écouté, apeurée, le bruit du marteau enfonçant des clous dans le cercueil du père de famille » (*QE*, p. 228). Le fils du défunt, âgé de treize ans, hurle tard dans la nuit, et Marguerite sanglote. Personne n'a le souci de la réconforter, de la rassurer devant cette présence de la mort qu'elle vit comme « horrible ». Toujours « seule » dans le noir, elle finit par être prise d'un fou rire dont elle ne comprend pas la signification. Comment pouvait-elle se défendre contre la mort autrement que par la dénégation[1] ?

1. Voir Dossier, p. 189-192, et Winnicott, *Jeu et réalité*, Gallimard, 1975, p. 143.

Le père ne compense guère, sur le plan affectif, le manque dû à l'absence de la mère. Lors du renvoi de Barbe, Yourcenar lui reproche sa lâcheté, mais aussi « ce curieux fond d'indifférence », déjà signalé dans *Souvenirs pieux* (*SP*, p. 15). Elle le relève encore plus douloureusement lors d'une confidence sur sa vie sentimentale qui, à ses yeux, avait évidemment beaucoup de prix. La jeune fille de vingt ans qu'elle est devenue est troublée « par une rencontre avec un jeune inconnu qui lui paraissait différent des autres, et que Michel, dédaigneux comme toujours des amis de sa fille, ne tenait même pas à se faire présenter » (*QE*, p. 137).

Michel n'apparaît plus idéalisé dans *Quoi ? L'Éternité,* contrairement à l'image qui se dégageait d'*Archives du Nord.* Son égoïsme est maintes fois souligné (*QE*, p. 143-144), son choix de vie ne tient pas compte des besoins de l'enfant, et si l'auteur est fière de l'absence de conformisme de ses méthodes d'éducation, elle n'en conclut pas moins, dans *Les yeux ouverts* : « Mon père, mort à soixante-quinze ans, me semble désormais moins un père qu'un frère aîné. Il est vrai que c'est un peu l'impression qu'il me faisait déjà quand j'avais vingt-cinq ans[1]. »

1. *SP*, p. 67 et *YO*, p. 23.

« Cet homme, si peu père au sens bêtifiant ou tyrannique du mot » (*QE*, p. 271), n'impose certes aucun interdit à l'enfant, mais ne lui procure de ce fait aucune sécurité affective. Le déracinement continuel qu'il impose à sa fille ne peut guère la tranquilliser.

La légèreté dont Michel fait preuve tout au long de son existence est montrée, dans *Quoi ? L'Éternité*, sous un jour beaucoup moins indulgent que dans *Archives du Nord*. Les interrogations religieuses, après une double irruption de la mort dans sa vie conjugale, ne le préoccupent que superficiellement : « il n'a même jamais pris la peine de se demander s'il croyait ou s'il ne croyait pas » (*QE*, p. 15). Malgré l'influence de Jeanne, et aussi celle de sa sœur Marie, toutes deux croyantes ferventes, il est toujours resté « aux abords de la vie spirituelle et ne s'est jamais engagé loin dans cette voie[2] ». Il était « incapable de se construire une discipline à lui[3] », écrit-elle à son neveu, et « ses velléités d'ascétisme » (*QE*, p. 27) ne dureront pas plus longtemps que son nouvel « engouement » pour la mécanique. Sur le plan littéraire, il se contente d'ébauches jamais terminées ; sous l'influence de Jeanne, il ira cependant au bout de la traduction de l'ouvrage de Coménius, sans toutefois avoir la patience de s'astreindre aux démarches nécessaires auprès des éditeurs.

2. *Lettres*, p. 565.

3. *Lettres*, p. 572.

Sur la pratique du jeu, Yourcenar n'a jamais critiqué ouvertement son père, mais c'est dans la bouche de Jeanne que se lit la condamnation : celle-ci « prend en dégoût ces visages crispés ou veules », et « Michel ramassant l'or qu'a poussé vers lui le râteau lui paraît, même physiquement, perdre un peu de sa stature » (*QE*, p. 160). Jeanne trouve même finalement moins d'excuses au vice de Michel qu'aux « obsessions charnelles d'Egon, plus décriées certes, mais expliquées au moins par un instinct au fond du corps » (*QE*, p. 192).

L'analyse des propos qu'elle prête à Jeanne au cours de la scène de rupture avec Michel est révélatrice des reproches faits intérieurement à son père par Yourcenar, même si elle ne les a jamais formulés en son nom propre. Après avoir noté au passage combien il est peu soucieux du bien de ses enfants *(ibid.)*, elle lance le reproche, essentiel à ses yeux, qui est son incapacité à aimer véritablement ; son donjuanisme lui apparaît finalement comme un signe d'impuissance : « Et cette perpétuelle hantise de la Femme, qui depuis deux années se concentrait sur elle [Jeanne], mais sans pourtant qu'il parût connaître bien cette Jeanne dont il avait été l'amant et l'ami. Elle se sent idolâtrée plutôt qu'aimée. [...] elle sait bien que Michel croit tout sacrifier, tout donner. Mais ce qu'il veut d'elle est la suppression de la personne elle-même, des innombrables riens qui la font ce qu'elle est » (*QE*, p. 192-193).

Une nouvelle fois, l'auteur utilise le « déplacement » en mettant dans la bouche de Jeanne les griefs qu'elle adresse à son père : sa légèreté, son égoïsme, son irresponsabilité, son autoritarisme, son mépris de la femme et son incapacité à donner un sens à sa vie : « Son yacht chimérique est sans boussole et sans journal de bord » (*QE*, p. 193).

Sa réprobation attristée est confirmée par une lettre à son neveu Georges, qui conclut sur cet aveu résigné : « Je crois qu'il faut prendre les gens comme ils sont (on est du reste bien forcé) et les aimer, quand on peut, pour leurs grands et bons côtés, quand ils en ont. Michel en avait d'immenses[1]. »

1. *Lettres*, p. 567.

Cette même tonalité mélancolique se retrouve dans cet extrait de *Carnets de notes (1942-1948)* : « Accepter que tel et tel, vivants, aient eu leurs faiblesses, leurs bassesses, leurs erreurs, que nous essayons vainement de recouvrir de pieux mensonges, un peu par respect et par pitié pour eux, beaucoup par pitié pour nous-mêmes, et pour la vaine gloire d'avoir aimé seulement la perfection, l'intelligence ou la beauté[2]. »

2. *En pèlerin et en étranger*, *EM*, p. 529.

IV. LES CONFIDENCES SUR LA SEXUALITÉ

Le lecteur de *Quoi ? L'Éternité* est frappé par la liberté de ton qui règne dans ce volume par rapport aux deux précédents. Pour la première fois, Yourcenar parle ouvertement de sa vie sexuelle. Plusieurs pages évoquent l'éveil de la sexualité, et le problème de l'homosexualité est vraiment au cœur du livre.

Déjà dans le chapitre « Le trépied d'or », la scène où dialoguent Michel et Egon évoque ce problème (*QE*, p. 131-140). Il s'agit pour l'auteur de légitimer la pratique de la bisexualité, et elle a tenu à mettre ces propos dans la bouche de son père qui, elle le reconnaît elle-même, n'avait d'attirance que pour les femmes. Il énervait sérieusement sa fille par ses « préjugés sur les invertis » : « Un " inverti " (nous sommes à l'époque et dans le vocabulaire de Proust), ridicule ou agaçant sur le plan social, était vite qualifié en termes pittoresques et grossiers » (*QE*, p. 138).

Ce plaidoyer *pro domo* ne se présente pas comme tel : Michel s'adresse à Egon, pour lui prouver qu'il n'est pas un cas exceptionnel, et que son problème est banal. Michel et Egon se promènent par gros temps le long de la plage de Scheveningue. Une certaine agressivité règne entre eux ; Egon, au courant des relations de Michel avec sa femme, attaque ce dernier sur son hypocrisie, et Michel, à son tour, admet difficilement que le mari d'une femme aussi exceptionnelle que Jeanne puisse la tromper avec des partenaires masculins douteux, « les travestis et les débardeurs d'Amsterdam » (*QE*, p. 134). La première partie du dialogue tourne donc autour de Jeanne, qui est au centre du conflit. Brusquement, après une pause sous un abri, le ton monte, et Michel se permet de tutoyer Egon, non pas, précise-t-il, « par dédain, ni non plus par tendre familiarité » (*QE*, p. 135). Il s'agit, pour la narratrice, de montrer qu'à partir de ce moment, les conventions mondaines sautent pour laisser apparaître les motivations profondes. Le « tu » est un procédé d'auteur pour faire exploser la conviction de Michel, loin des civilités de salon. Sa tirade se veut didactique, et le texte est pétri de marques de rhétorique. Michel impose son discours, voulant faire de sa vérité la vérité ; d'où une série d'impératifs (« mets-toi dans la tête [...], n'attends pas de moi [...], n'attends pas non plus [...]), de reprises de verbes en tête de phrase, de marques de locution confirmant la force des affirmations qu'il assène. « Peut-être », « sans doute » sont des signes de prudence langagière qui cachent mal le besoin d'affirmer : marquer ses hésitations est une ruse qui produit, en fait, un effet de vérité plus grand qu'une phrase assertive. Le discours est émaillé de marques de locution confirmant la vérité des affirmations assenées — « en somme », « à peu près » (deux occurrences), « à coup sûr », « bien sûr » —, d'effets de style antithétiques (série d'antonymes qui s'excluent : « rendu heureuses ou malheureuses », « ennuyé », « agacé » ou « fait jouir »), qui mettent en évidence la relativité de ces expériences[1].

Le caractère oratoire du discours frappe ; l'auteur s'est visiblement attachée à soigner cette page où elle expose un thème qui lui tenait à cœur : la banalité de la bisexualité. Suivant son habitude, elle a inséré dans le texte beaucoup de détails tendant à rendre la scène plausible (cadre spatio-temporel précisé, conditions atmosphériques, vérité psychologique des comportements, gestes et objets faisant effet de réel, tel que le banc sur lequel s'amasse le sable, ou la cape de loden vert). Le lecteur, pris par l'habileté du récit, a tendance à croire à l'historicité de ce

1. Cette scène est analysée en détail in S. Proust, *op. cit.*, p. 262-267.

dialogue quand, brusquement, la narratrice insère ce qu'on peut appeler une « note de régie » : « Je glisse ici une note de la narratrice » (*QE*, p. 137), et ainsi nous apprenons que la scène prétendument réelle a été inventée par l'auteur : « Je n'ai de la conversation des deux hommes ces jours-là que des notions les plus vagues » *(ibid.)* !

Yourcenar se croit autorisée à mettre ces paroles dans la bouche de son père car « il me tint à peu de chose près les mêmes propos vingt ans plus tard, sur un banc d'Antibes d'où nous regardions la mer » *(ibid.)* ; elle venait, dit-elle, de confier à son père le trouble que suscitait en elle une rencontre avec ce jeune inconnu dont nous avons déjà parlé et « qui lui paraissait différent des autres », son père la met « en garde contre une tendance à dramatiser la vie » *(ibid.)*.

Une note extraite du carnet manuscrit intitulé par Yourcenar « Notes sur Michel pour servir à *Quoi ? L'Éternité*, et déjà en partie utilisées dans *Archives du Nord* » nous apprend ce que Michel avait réellement dit : « Une autre fois, à propos de la manière d'employer les dernières heures d'une vie. " Si j'étais sur un bateau échoué, qu'il soit impossible de renflouer, et qu'on serait sûr de voir sombrer dans une heure, à supposer qu'il n'y eût pas de femmes à bord, je prendrais un jeune garçon, un mousse "[1]. »

1. J. Savigneau, *op. cit.*, p. 737.

On le voit, la phrase dans ce contexte n'a pas le même sens ; Michel prouve seulement son hédonisme invétéré et sa vision non conformiste de la morale. Il ne s'agit nullement ici de justifier une pratique que, par ailleurs, il n'approuvait pas. Dans la scène imaginée par Yourcenar, Michel montre au contraire une conviction forte, que l'auteur tient à faire partager au lecteur. C'est une véritable démonstration, et les arguments sont énoncés sur un ton péremptoire. La véhémence du discours n'a plus rien à voir avec la remarque désabusée du Michel de la note, qui voulait souligner le caractère relatif des préceptes moraux.

Si Yourcenar insiste avec une telle force sur cette idée que « rien n'est véritablement insolite ou inacceptable » (*QE*, p. 138), c'est, semble-t-il, que dans la période de son existence qu'elle traverse, pour justifier sa relation avec Jerry Wilson face à son père décédé, elle a besoin de se sentir disculpée, et c'est donc lui qu'elle fait parler. On peut comprendre dans le même sens le rappel de l'approbation qu'elle a reçue de lui quand il a pris connaissance de son roman *Alexis,* traitant ce même sujet de la bisexualité : toute passion amoureuse est légitime, quels que soient sa nature et les interdits qui pèsent sur elle.

Un autre passage de *Quoi ? L'Éternité* traite encore plus ouvertement de ce problème, puisque c'est la propre expérience de l'auteur qui est en cause. La scène se situe au début du chapitre « La terre qui tremble (1914-1915) ». La guerre vient d'être déclarée, et la famille de Crayencour, en séjour à Ostende, n'a plus la possibilité de rentrer à Paris, d'où leur départ précipité pour l'Angleterre. À leur arrivée à Londres, la jeune Marguerite est installée provisoirement dans le même lit que sa cousine Yolande : « Un instinct, une prémonition de désirs intermittents ressentis et satisfaits plus tard au cours de ma vie, me fit trouver d'emblée l'attitude et les mouvements nécessaires à deux femmes qui s'aiment » (*QE*, p. 264).

C'est la première fois que Yourcenar fait directement allusion à sa vie sexuelle, et on ne peut que constater la liberté avec laquelle elle aborde le sujet. Dans le commentaire qu'elle fait de la scène, elle s'explique sur cette mention d'« un petit fait supposé obscène » *(ibid.)*. Il s'agit de donner son opinion d'aujourd'hui ; ce n'est pas seulement un geste d'adolescente sans conséquence qu'elle rapporte. Elle fait le bilan de sa vie sexuelle, en constatant ces « intermittences des sens », et ses biographes sont bien d'accord pour reconnaître la vérité de ses dires. Elle tient à s'inscrire contre les préjugés courants, et reprend des idées déjà émises çà et là dans son œuvre, mais jamais formulées en son nom personnel. Qu'on fasse la différence avec le discours de Zénon lors de « La conversation à Innsbruck[1] », où celui-ci oppose son expérience à celle de son cousin Henri-Maximilien, fervent amateur de la beauté féminine. Certes, comme le fait remarquer Anne-Yvonne Julien[2], le discours de Zénon est plus apologétique que narratif, et l'on peut déjà parler de manifeste en faveur de l'homosexualité. Mais il s'agit ici d'un personnage de fiction, et l'expérience de l'auteur n'est pas directement évoquée. Dans les pages précédentes de *Quoi ? L'Éter-*

1. *ON*, p. 152.

2. « *L'Œuvre au noir* » *de Marguerite Yourcenar*, Gallimard, coll. « Foliothèque », n° 26, p. 109.

nité a déjà été dévoilée la pensée de l'auteur — ainsi dans les commentaires qu'elle fait sur l'amitié que se portaient Jeanne et Fernande (*QE*, p. 78 ; cf. aussi *SP*, p. 289-290). Dans *Les yeux ouverts*, en réponse à une question de Matthieu Galey, Yourcenar précise que « ses personnages sont d'ailleurs bisexuels plutôt qu'homosexuels[1] ». Mais dans tous ces exemples, le ton de l'auteur reste impersonnel, alors que les pages de *Quoi ? L'Éternité* que nous venons de citer la mettent directement en scène, pour la première fois. On comprend que la critique, lors de la parution du livre, ait été séduite par le fait qu'elle parle d'elle comme elle ne l'avait encore jamais fait[2].

1. *Op. cit.*, p. 81.

2. Voir Dossier, p. 193-195.

Pour bien mettre en évidence la double nature de la sexualité, elle met en pendant de cette scène une autre anecdote, également osée, si l'on considère la morale traditionnelle. Le cousin X., un adulte qui vit avec eux en exil, entre la nuit dans la chambre de l'adolescente et l'éveille à la sensualité par ses caresses. Là encore, l'auteur insiste sur le choix qu'elle a fait de « consigne[r] ici cet épisode si facile à taire » (*QE*, p. 266) : elle veut ainsi marquer sa désapprobation sur les idées admises concernant les rapports entre un adulte et un enfant. On reconnaît bien là sa volonté de contrecarrer la morale officielle et d'exprimer, avec une souveraine indépendance, son attirance pour le plaisir. La scène ne manque pas d'audace, la narratrice désignant clairement les gestes de l'homme, mais elle tient à montrer le caractère bénéfique de cette liberté. Pour ajouter au caractère confidentiel de cette page, Yourcenar termine en définissant le type de beauté qui l'émeut : « Elle était pour moi inséparable des torses lisses des statues grecques, de la peau dorée du Bacchus de Vinci, du jeune danseur russe étendu sur une écharpe abandonnée » (*QE*, p. 267), autrement dit de la beauté androgyne.

V. UN REGARD RÉTROSPECTIF SUR LA GENÈSE DE L'ŒUVRE

Le lecteur ne peut pas rester insensible au ton de conversation familière avec lequel sont abordés ces sujets plus personnels. Il en va de même quand l'auteur confie quelques secrets sur la genèse de ses œuvres. À propos de son premier roman, *Alexis ou le traité du vain combat,* elle nous livre cette confidence : « Je m'étais servie, pour reculer dans le passé ma mince aventure, de l'alibi que m'offrait le souvenir de Jeanne et d'Egon » (*QE*, p. 138). Nous voilà donc introduits dans le secret de la fabrication des livres antérieurs. De même, mention est faite d'une eau-forte post-romantique, placée dans un corridor du Mont-Noir, « devant laquelle j'ai fait rêver plus tard Alexis[1] ». Le lecteur entre dans l'intimité de l'auteur, assiste à la naissance de certaines des grandes scènes de l'œuvre : « Je crois bien que c'est devant une de ces images que j'ai ressenti pour la première fois le curieux mélange de la sensualité qui s'ignore, de la pitié, du sens du sacré », dit-elle à propos des émotions qu'elle a ressenties petite fille

1. L'auteur renvoie à une remarque de *ACG*, p. 30.

devant l'effigie du Christ mort, et qui sont à l'origine des larmes d'Anna sur le Christ durant la Semaine sainte napolitaine[1]. De la même façon elle explique comment le charme de la Méditerranée opère sur elle encore enfant, même si sa sensualité n'est pas éveillée : « N'importe : une première couche bleue avait été déposée en moi ; enrichie du souvenir d'autres côtes méditerranéennes, elle allait un jour m'aider à retrouver la mer d'Hadrien, la mer de l'Ulysse de Cavafy[2]. » La genèse de deux des *Nouvelles Orientales* est attribuée à une exposition Mestrovic visitée à Londres et qui fit naître en l'adolescente « la passion des ballades slaves » (*QE*, p. 268). Plus frappante encore est la scène où l'enfant, ouvrant par hasard un roman lu par son père, tombe sur un passage où des personnages assis au bord du Nil « regardaient une barque à voile pourpre avancer au soleil couchant » : « Un sentiment d'émerveillement m'envahit, si fort que je refermai le livre. La barque a continué à remonter le fleuve, consciemment ou inconsciemment, dans ma mémoire pendant quarante ans ; le soleil rouge à descendre à travers la palmeraie ou sur la falaise, le Nil à couler vers le nord. J'allais un jour voir sur ce pont pleurer un homme à cheveux gris » (*QE*, p. 223[2]).

1. *Anna, soror...*, p. 51.

2. Cavafy, grand poète grec moderne d'Alexandrie dont Yourcenar a traduit les poèmes.

2. Ce passage renvoie à *MH*, p. 216.

Le ton si personnel de certaines pages de *Quoi ? L'Éternité* a des résonances fortement autobiographiques. Alors que dans les deux premiers volumes l'« exercice spirituel » semblait nous éloigner sans cesse de « cet être que j'appelle moi », maintenant, dans ces dernières pages, cet être peut apparaître quelques instants dans son individualité ; celle-ci en effet reste enveloppée de fictions et de réalités, et comme emportée par tout ce qui la précède et tout ce qui lui succède, « simple point qui bouge dans le paysage traversé[1] ».

1. *ER*, p. 172.

V LA GUERRE OU L'INCONSISTANCE DU MONDE

Les titres des chapitres IX et X centrent le récit sur la guerre : « La terre qui tremble (1914-1916 », « La terre qui tremble (1916-1918) ». Malgré la précision des dates, il ne s'agit pas d'une reconstitution historique : la guerre, vue à travers les yeux de l'adolescente, est d'abord présentée sur le ton de l'insouciance. Mais la même réalité peut être perçue sur un mode dramatique, et sera alors mis en avant le thème de la folie des hommes. Toutefois, les adultes eux-mêmes vivent les événements de manière différente ; la version d'Odette n'est pas celle des soldats qui reviennent du front (*QE*, p. 284). Alors, où est la réalité ? N'est-elle pas toujours aussi mouvante et inconsistante que la présente la pensée bouddhiste ?

I. LA GUERRE VUE PAR LES YEUX DE L'ADOLESCENTE

L'auteur constate au début du chapitre « La terre qui tremble (1916-1918) » : « Et la guerre ? J'en ai assez peu parlé jusqu'ici, et seulement pour en montrer les contrecoups assez négligeables sur un petit groupe » (*QE*, p. 279). La narration continue en effet au chapitre IX sans réelle rupture avec le récit d'enfance. Les événements sont généralement vus à travers les yeux de l'adolescente ; ainsi, par exemple, le récit de l'exode vers l'Angleterre qui « a gardé pour moi l'aspect d'une promenade nocturne » (*QE*, p. 262).

L'exil en Angleterre, vécu par les adultes comme une épreuve, représente une période heureuse pour la jeune Marguerite. Le ton est allègre dès le départ : « Le thé et les biscuits du train de Londres m'enchantèrent » (*QE*, p. 264). Les conditions de vie ne sont pourtant pas excellentes durant ce séjour forcé de quatorze mois, mais l'enfant n'en souffre pas : « L'argent manquait, mais cette pauvreté était une nouveauté [...] la queue aux arrêts des autobus était un plaisir ; les musées un asile contre la pluie et le froid » (*QE*, p. 267). D'où vient que tout prenne une coloration joyeuse, dans un contexte si dramatique pour les contemporains ? « Pour la première fois depuis ses deux veuvages, Michel est sans femme » (*QE*, p. 271), et par conséquent se consacre davantage à sa fille. Les promenades à Greenwich, Windsor ou Hampton Court en été, la visite des musées en hiver offrent à la fillette l'occasion de s'« ouvrir sur le monde » (*QE*, p. 268). Les leçons de grec de Michel reprennent. Il est probable aussi que l'impossibilité où se trouvait M. de Crayencour de se déplacer procure à l'enfant un moment de stabilité. Ce séjour en Angleterre représente pour la fillette un arrêt de l'écoulement de la durée, une interruption momentanée qu'elle a vécue dans le bonheur. Une île est un espace fini, circonscrit, bouclé et Michel, même s'il « ronge son frein », doit rester tranquille. Pour sa fille, l'Angleterre est une parenthèse, à la fois dans le temps et dans l'espace ; d'où sa joie à évoquer ce pays : « Chaque fois, j'y ai trouvé une patrie, j'entends par là un de ces pays où l'on est instinctivement à l'aise avec soi-même » (*QE*, p. 267). La fillette garde l'insouciance de son âge, même dans l'allusion aux risques possibles d'un torpillage du bateau qui les ramène en France (*QE*, p. 274).

Le retour à Paris a lieu en septembre 1915. Les conditions matérielles restent précaires : difficultés pour se chauffer, (*QE*, p. 275, 286), pénurie alimentaire (*QE*, p. 286). Mais « un adolescent reste miséricordieusement captif du cocon qui lui permet de croître, à demi insensible aux malheurs du monde » (*QE*, p. 282), et tandis que Michel, « souffrant d'insomnie [...], err[ait] dans le corridor » (*QE*, p. 286), Marguerite et sa bonne, Camille, s'amusaient à la lecture de Molière. L'adolescente se passionne pour ses lectures, notamment Platon, mais faire le marché avec sa bonne lui procure aussi des « joies faciles ». Tout est jeu.

II. LA GUERRE, MANIFESTATION DE LA FOLIE DES HOMMES

L'adulte qui commente ces mêmes événements en a bien entendu une tout autre vision, et ses développements rejoignent les préoccupations morales de l'auteur. Le récit est au service d'un discours philosophique affirmant l'insignifiance et la précarité des êtres. Le thème bouddhique de l'impermanence sous-tend tout le texte. L'individu n'est que le lieu de passage de forces qui le dépassent, et sur lesquelles il n'a aucun pouvoir. L'horreur du massacre mondial et ses suites bouleversantes incitent à prendre la mesure de la folie humaine. Le motif du jeu dérisoire apparaît : « Peu importait d'ailleurs : les jeux étaient faits » (*QE*, p. 260). Le thème était déjà développé par Henri-Maximilien dans *L'Œuvre au noir* : « Vingt-cinq ans de guerre et de paix armée avaient appris au capitaine en quoi consiste l'envers des cartes[1]. » Là comme maintenant, le pouvoir est aux mains des financiers et des fabricants d'armes (*QE*, p. 261). L'histoire est faite de similitudes et de répétitions.

1. *ON*, p.173.

Cette période de guerre s'ouvre sur un prélude lyrique très symbolique. M. de Crayencour vient d'acheter une villa art nouveau près d'Ostende, pour placer une partie du capital provenant de la vente de la propriété familiale du Mont-Noir, et s'apprête à y passer l'été 1914. La note dramatique est donnée avant même le début de la scène : « cette prétentieuse bâtisse [...], quinze jours plus tard, ne sera plus qu'un tas de ruines » (*QE*, p. 258).

La fillette contemple le paysage de sa chambre qui donne sur la mer. La description nocturne s'ouvre sur quelques notations inquiétantes : chaleur étouffante, vent violent et tiède, mer très forte, « masse noire soulevée de houles qui paraissaient solides, blocs denses dans la nuit » (*QE*, p. 259). Le ciel participe à cette ambiance dramatique par la personnification des nuages bas « échevelés », et par le rappel des sorcières de Macbeth qui donne une note fantastique à ces nuages mystérieux « venus de nulle part pour aller nulle part » *(ibid.)*. La reprise imprime un caractère musical à la phrase, accentuant son caractère lyrique. La présence de la lune apporte à la scène une grandeur qui rappelle Chateaubriand. La description, jusque-là à l'imparfait, passe brusquement au présent de narration pour marquer l'irruption de la tourmente ; le rythme de la phrase se modifie lui aussi : aux longues phrases descriptives succèdent deux brèves indépendantes qui s'enchaînent rapidement. Les comparaisons (« chemise bouillonnante », « fétu sur le sable ») accentuent l'impression d'impuissance de l'homme devant le tumulte des éléments. L'adolescente réussit à refermer la fenêtre, et l'oxymore « monde terrible et accueillant de la nuit » ajoute à la grandeur de la scène.

Apparaît alors en arrière-plan le contexte de la guerre, que les éléments déchaînés ne faisaient qu'annoncer : « Le monde humain tremblait sur ses bases », rappel du titre du chapitre. Par une allusion à l'assassinat à Sarajevo de l'archiduc François-Ferdinand d'Autriche, point de départ de la Première

Guerre mondiale, l'auteur souligne la disproportion entre cette mort et ses conséquences : elle « allait déclencher quelque neuf millions d'agonies » ! La construction de la phrase sur ce contraste accentue l'effet d'absurdité recherché par l'auteur.

La page se termine sur une citation solennelle des *Mémoires d'Hadrien* : « J'ai vu la lune courir dans les nuages des cieux barbares[1]. » Tous les éléments de cette scène à caractère prémonitoire se déroulant dans une atmosphère fantastique, avec sa technique d'amplification, et la dilatation des détails, en font un moment grandiose. Une rhétorique toute classique, certes, mais parfaitement maîtrisée, permet à cette mise en scène dramatique d'illustrer la conclusion morale à laquelle veut aboutir Yourcenar : « Je sentais vaguement que ce désordre des éléments était part d'un ordre des choses. » Derrière les événements mi-réels, mi-fantasmatiques vécus par la fillette se profile le discours méditatif, lui aussi mi-réel, mi-fantasmatique, sur le déferlement des horreurs de la guerre.

La page suivante fait mention du tocsin (*QE*, p. 260), autre thème symbolique que l'on retrouve plusieurs fois sous la plume de Yourcenar. Ce tocsin faisait en effet irruption dans un texte intitulé « La maison des femmes pâles », récit d'un rêve publié dans *Les songes et les sorts* : « Soudain l'ouragan d'un tocsin retentit derrière nous[2]. » Cette métaphore de l'ouragan rappelle le « désordre des éléments » du texte de *Quoi ? L'Éternité* ; les effets de violence que produit cette cloche

1. *MH*, p. 163.

2. *EM*, p. 1587.

qui sonne sont rendus présents par l'auteur : chute de la coupole de la cathédrale, irruption de la foule évoquant pour l'auteur les jours de la Révolution. Dans un autre texte plus récent, le tocsin est encore évoqué, mais à propos, cette fois, de la guerre de 1939 : « Traversant le lac Léman sur un paquebot à peu près vide, j'entendais, tant du côté Savoie que du côté Suisse, le tocsin sonner, annonçant la guerre. Les grandes vagues de son venaient l'une après l'autre envelopper le paquebot ; prise au milieu de ce filet sonore, me rappelant inévitablement le tocsin belge que j'avais entendu sonner au cours de mon enfance, le long d'un chemin dans la dune, au cours d'une villégiature sur la côte belge[1]. » Cette sonnerie lui apparaît comme « le glas de tous ceux qui allaient mourir dans cette aventure, comme peut-être moi-même ».

1. J. Savigneau, *op. cit.*, annexe IV, *Commentaires sur soi-même*, p. 742. Texte inédit et non daté conservé à Petite-Plaisance.

Face à cette folie des hommes, Yourcenar se plaît à évoquer l'apparition symbolique d'une « école de dauphins » qu'elle peut apercevoir du navire qui la transporte en Angleterre. En opposition à toutes les horreurs de la guerre qui s'annonce, la scène est présentée en termes religieux, comme « une épiphanie sans ombre » après une envolée lyrique sur « la race sublime ». Ce passage reprend un thème cher à Yourcenar, celui de la beauté de la nature avant l'apparition de l'homme. Dans la solennelle ouverture de « La nuit des temps », au début d'*Archives du Nord,* elle évoque la naissance du monde et fait allusion à cette scène : « l'enfant de onze ans sentait déjà confusément que cette allégresse animale appartenait à un monde plus pur et plus divin que celui où les hommes font souffrir les hommes » (*AN*, p. 19). L'auteur insiste sur l'aspect symbolique de cette apparition, au point d'ailleurs que l'on peut s'interroger sur l'historicité de l'anecdote, tant le motif des dauphins fait partie de son imaginaire. Déjà Hadrien admirait « leur bond dans l'eau bleue[1] » et dans *La couronne et la lyre*, Yourcenar traduit un texte d'Oppien décrivant leurs ébats[2]. Même Nathanaël, dans *Un homme obscur*, découvre les dauphins dans un vieil atlas à l'école[3]. Le monde des origines, « un monde d'avant la Faute », est pour Yourcenar un fantasme permanent, et pour elle, « la bête, même féroce ou rusée, garde en elle cette innocence primitive que nous avons sacrifiée[4] ».

1. *MH*, p. 270.

2. Poésie-Gallimard 1990, p. 429.

3. *Un homme obscur*, *OR*, p. 946.

4. *Sous bénéfice d'inventaire*, *EM*, p. 121.

C'est encore par la poésie que l'auteur traduit l'horreur de cette guerre, dans une image qui incarne pour elle « le symbole même du deuil ». Il s'agit du cortège silencieux d'« un grand vieillard vêtu de noir, suivi de cinq jeunes filles également tout en noir » qui viennent chaque jour sur les Champs-Élysées pour parler aux blessés. La description ne comporte que quelques lignes, mais tout à fait impressionnantes : la lenteur de la phrase d'introduction, la triple répétition du qualificatif « noir », le silence observé, la comparaison de ce vieillard avec un vampire suçant le sang que la guerre fournit à ce « Dracula sans crime », le mystère et l'ambiguïté que cette sorte de rite muet entretient, tout donne à cette évocation funèbre un caractère à la fois spectaculaire et fantomatique.

Mais une autre vision de la guerre apparaît, celle des profiteurs et des gens de l'arrière, qui voient dans les événements l'occasion d'activités rémunératrices. Les cinémas et théâtres ont rouvert peu à peu, et M. de Crayencour emmène ses parents provinciaux à une matinée à l'Olympia. C'est l'occasion pour l'auteur de souligner la vulgarité et le conformisme de la mentalité des gens de l'arrière, fabriquée par une presse manipulatrice (*QE*, p. 287). Dans cette description du Paris de l'imposture, Yourcenar emprunte beaucoup à Proust.

III. YOURCENAR LECTRICE DE PROUST

Marguerite Yourcenar a une intime connaissance de l'œuvre de Proust. Elle a lu le début de la *Recherche* dès 1927 et a essayé d'initier son père à cette œuvre, mais « il ne suivait plus[1] ». Quand Matthieu Galey lui demande quels sont les auteurs qu'elle relit, elle cite bien sûr Proust : « J'aime chez lui la grande construction thématique, la perception exquise du passage du temps et du changement qu'il produit dans les personnalités humaines, et une sensibilité qui ne ressemble à aucune autre. J'ai relu Proust sept ou huit fois[2]. »

1. *YO*, p. 48.

2. *YO*, p. 251.

Cet auteur a constamment accompagné son propre itinéraire d'écrivain. Elle a d'ailleurs enseigné Proust, expliquant *Un amour de Swann* en 1949 aux élèves du collège

Sarah Lawrence, puis commentant la totalité de l'œuvre lors d'une conférence à Mary Washington College en Virginie, en 1961, ce qui lui donné l'occasion d'une réflexion approfondie sur la méthode de composition proustienne.

L'ambiance des grands hôtels de la Belle Époque que fréquente le couple de Crayencour (*SP*, p. 351) est celle décrite par Proust. Le wagnérisme snob du début du siècle est rappelé : « Madame Verdurin est là avec sa coterie » (*SP*, p. 359). Le milieu des frères Pirmez est proche de celui de « la marquise de Villeparisis » (*SP*, p. 219).

Yourcenar cite souvent un personnage de la *Recherche* à propos de ses propres personnages : Norpois (*SP*, p. 111), Legrandin de Méséglise (*SP*, p. 228). Michel est comparé à Swann pour sa haine des épanchements (*AN*, p. 358) ou à Saint-Loup « à l'époque où il s'inquiète encore de Rachel » (*AN*, p. 342). Son amitié, durant sa carrière militaire, avec le fils de Salignac de Fénelon lui fait encore évoquer Saint-Loup (*AN*, p. 255). Son goût pour l'automobile rappelle à Yourcenar « l'époque où le jeune Proust pleurait des larmes d'enthousiasme en voyant son premier avion s'élever dans le ciel de Balbec » (*QE*, p. 30).

L'attente anxieuse du retour de l'être aimé garde des accents proustiens : « Bien plus tard, certaines de mes veillées de femme m'ont rappelé celles-là » (*QE*, p. 150). De même, la transposition en mots d'effets musicaux paraît le reflet des procédés d'écriture proustiens, notamment le recours à la métaphore, grande ressource de l'écrivain pour rendre l'effet produit par la musique : « notes insistantes, isolées, tantôt fermes comme des tiges perçant au printemps la neige et les paquets de feuilles mortes, tantôt déchirantes à force de discordes, comme les rapports trop longuement prolongés entre deux êtres humains, tantôt doux comme le frottis léger d'une feuille contre une feuille » (*QE*, p. 97). Le procédé rappelle évidemment Proust décrivant la sonate de Vinteuil. Plus profondément, certaines réflexions personnelles sont placées sous le signe de Proust, tel l'épisode de son initiation au désir sexuel (*QE*, p. 264).

Dans la description du Paris de la guerre, l'emprunt est avoué explicitement : « Proust, le seul écrivain peut-être qui ait su décrire ce Paris amphibie, a dit les mêmes choses » (*QE*, p. 285). Celui-ci avait épinglé l'hypocrisie des couturiers qui justifiaient leurs activités de luxe par le souci de « préparer la victoire, dégager pour les générations d'après la guerre une formule nouvelle du beau [...] en pensant à nos combattants qui, au fond de leurs tranchées, rêvent de plus de confort et de coquetterie pour la chère absente laissée au foyer[1] ». Ici, Yourcenar souligne dans le même esprit l'élégance des prostituées « en séduisant costume de veuves à voile noir et à ruchés blancs [qui] servait à enjoliver l'horreur » (*QE*, p. 283). Un évident souvenir de Proust apparaît aussi dans les réactions des permissionnaires : « " On dirait que ce n'est pas la guerre ", murmuraient-ils »

1. *Le temps retrouvé*, Gallimard, Bibliothèque de la Pléiade, III, 1954, p. 725.

(*QE*, p. 285), phrase textuellement reprise du *Temps retrouvé*[1], comme l'avoue la narratrice. Est encore emprunté à Proust le fait que Michel, comme Saint-Loup, « n'a jamais été entendu prononcer le mot Boche, ou dire Guillaume pour l'empereur d'Allemagne » *(ibid.)*.

1. *Op. cit.*, p. 735.

Tout en admirant l'écrivain, elle reproche à l'homme son conformisme et son manque de courage : « sensible au danger de ne pas penser comme tout le monde, [il] ne laisse couler de ses lèvres que des réactions admises » *(ibid.)*. Elle critique sa pusillanimité pour affronter l'opinion par rapport à l'homosexualité : « Le procédé qui consiste à déguiser le sexe d'un personnage, par commodité ou par prudence, m'est odieux, et j'ai grand mal à le pardonner à Proust, bien que l'œuvre de Proust soit placée à un niveau auquel on ne fait pas d'objections ; néanmoins, il y a là un élément de confusion pour moi absolument intolérable, parce qu'il biaise et fausse tous les rapports humains, toute la psychologie des autres personnages par rapport à celui-là[2]. » Pour cette raison, elle critique ses « jeunes filles hybrides et assez artificielles » (*SP*, p. 291).

2. *ER*, p. 79.

Mais elle est séduite par les thèmes qui lui sont chers dans « cette œuvre si bouddhiste par la constatation du passage, par l'émiettement de toute personnalité extérieure, par la notion du néant et du désir[3] ».

3. Lettre à Jean Mouton du 7 avril 1968, *Lettres*, p. 283.

IV. REPRISE DU THÈME DE L'IMPERMANENCE

C'est bien le thème de l'impermanence que Yourcenar retrouve dans la description du Paris de la guerre. Le ton de l'historienne et de la moraliste dénonce « l'imposture ». Elle stigmatise « les clichés » (*QE*, p. 281), les informations faussées dans un souci de propagande, les communiqués de guerre truqués, « les homélies ampoulées » : « La vieille haine de l'homme pour l'homme était du coup justifiée » *(ibid.)*. Dans son souci de souder l'anecdotique au général, de rattacher l'histoire individuelle à l'histoire collective, Yourcenar réfléchit sur les faits en prenant du recul, et passe aux réflexions philosophiques et universalistes. L'histoire, pour elle, n'est pas une simple suite d'événements mais l'occasion d'une réflexion ; il faut comprendre ce qui s'est passé. Le récit est au service d'un discours philosophique affirmant l'insignifiance et la précarité des êtres. Cette idée centrale du bouddhisme sous-tend tout le texte. L'individu n'est que le lieu de passage de forces qui le dépassent et sur lesquelles il n'a aucun pouvoir. L'horreur du massacre mondial et ses suites bouleversantes incitent à prendre la mesure du non-sens humain.

Le rappel de la destruction du Mont-Noir, propriété familiale, apporte une note personnelle à ces considérations morales et ramène le thème du désastre écologique. Ce qui chagrine le plus la narratrice, c'est la disparition des arbres « tragiquement beaux » qui avaient été les témoins de ses jeux d'enfant : « Debout, tendant parfois un ou deux tronçons de branchages sans feuilles, les sapins semblaient à la fois des martyrs et leur propre croix » (*QE*, p. 283). Cette belle image traduit la sensibilité de Yourcenar qui trouve dans le monde végétal la vie originaire, bien antérieure à celle du monde humain, cette vie que les hommes, dans leur folie sanguinaire, martyrisent plus encore que celle des autres hommes.

Ainsi apparaît la guerre, vue sous différentes facettes selon le point de vue adopté. La fillette vit cette période dans une relative insouciance ; la presse multiplie les euphémismes et les informations manipulées (*QE*, p. 281) ; Odette, jolie femme toujours en quête de plaisir, rapporte du front, où elle a réussi à retrouver son amant, « non plus la puanteur des tranchées » mais « les parfums à la mode et les effluves de l'amour » (*QE*, p. 284). Certes « les clairvoyants » (*QE*, p. 281) flairent toutes ces impostures, mais ils sont en petit nombre. Quelle est la réalité dans tout cela ? Comme tous les faits humains, la guerre montre un visage ambigu ; tout sonne faux, et le chapitre illustre une fois de plus l'inconsistance de ce monde illusoire.

VI LA DÉRIVE DU RÉCIT OU LA RÉMINISCENCE

Les dernières pages de « La terre qui tremble (1916-1918) » n'ont plus guère de rapport avec la guerre, et semblent rattachées artificiellement au chapitre. Il s'agit des ennuis financiers de M. de Crayencour, victime de deux escrocs. Cherchant des amis pour le sortir de ce mauvais pas, car il lui faut de l'argent, et vite, il pense à quelqu'un qu'il a soutenu autrefois, l'abbé Lemire. Celui-ci, forte personnalité, a un passé assez agité et vient de prendre des positions pacifistes, ce qui attire la sympathie de Michel. L'abbé Lemire réussit à sortir d'affaire Michel et fait preuve d'une totale générosité, ayant refusé tout remerciement. Yourcenar le qualifie d'« espèce de saint ». Ce jugement sert de prétexte à une digression, apparemment peu justifiée, sur Albert Ier, roi des Belges (*QE*, p. 297) et sur l'explorateur américain Richard Byrd (*QE*, p. 299)[1].

1. Byrd (1888-1957), marin et aviateur, fit des recherches géologiques au pôle Sud.

I. LA RÉUTILISATION DE TEXTES ANTÉRIEURS

Béatrice Ness attribue ces pages au désir de l'auteur de réutiliser quelques passages d'un livre inachevé conservé dans les archives de Harvard sous le classement « Chapitres d'un livre inachevé écrits entre 1930 et 1938 ». Ces chapitres, au nombre de trois, devaient faire partie d'un ensemble mentionné par Yourcenar dans sa chronologie de la Pléiade[2] ; ils étaient « destinés à composer un volume contenant aussi d'autres présentations de types humains à travers les siècles [...] dont quelques-uns seulement furent entrepris, l'auteur s'étant rendu compte des années de recherches qui eussent été nécessaires pour

2. *OR*, p. XV.

amplifier et nuancer chaque portrait[1] ». Le type du héros donnera naissance à un article, « La symphonie héroïque », publié en 1950 par la *Revue de Genève*[2], et cette vision de l'homme héroïque sera réactivée dans *Quoi ? L'Éternité* par la description de ces « hommes du silence » que sont l'abbé Lemire, Albert Ier et l'amiral Byrd. Quant à l'image du « chercheur d'or », elle s'est transformée puisque le financier est devenu « agent d'affaire louche » escroquant Michel, mais Béatrice Ness fait remarquer : « Ce qui importe, ce n'est pas tant que le chercheur d'or se soit métamorphosé en affreux escroc, que le fait qu'il fasse partie d'un imaginaire yourcenarien où les thèmes occultés pendant si longtemps resurgissent, refont surface[3]. » Le récit semble désormais privé de fil directeur, et obéit seulement au bon vouloir ponctuel de la narratrice. Celle-ci ne suit plus un plan préparé.

Yourcenar, jusqu'ici, tenait beaucoup à la rigueur du plan. Ses livres sont écrits selon un ordonnancement clair, intangible. Cette méthode lui laisse la totale maîtrise du récit, et lui permet de construire l'image d'elle-même qu'elle entend montrer et laisser après elle. On peut toutefois y trouver un véritable système de défense contre l'impétuosité de ses pulsions. Pour garder le secret de la fabrication de ses œuvres, elle a d'ailleurs détruit ses brouillons. Les manuscrits qui nous restent de *Souvenirs pieux* et d'*Archives du Nord* sont des textes recopiés à la main, mais sans aucune correction. Il en va autrement de *Quoi ? L'Éternité*, l'auteur, surpris par la mort, n'ayant pas eu le temps de faire disparaître ses brouillons.

1. *OR*, p. XVII.

2. Ces textes ont été repris in *EM*, p. 1656-1688.

3. B. Ness, *op. cit.*, p. 170.

Dans ces dernières pages de *Quoi ? L'Éternité,* Marguerite Yourcenar n'exerce plus la même maîtrise sur le récit, et le texte dérive au gré des fantasmes. On peut certes expliquer ce relâchement par la fatigue et l'usure que provoque la maladie ; il faut aussi tenir compte du fait que le manque de temps ne lui a pas permis de relire ces pages qui n'étaient pas encore prêtes pour l'impression. Il y a aussi sans doute à cela une cause plus profonde. Plutôt que d'en appeler à la « faiblesse » de ses défenses, ne peut-on y voir la sagesse issue de la reprise — de la réécriture — de ses fantasmes, qui laisse se présenter les images, les récits, les métaphores, et qui, petit à petit, ne cherche plus à contrôler l'écriture aussi efficacement ? Au fur et à mesure que se profile la mort (c'est bien de l'Éternité qu'il s'agit...), l'auteur, avançant dans la voie du détachement, paraît plus libérée par rapport à l'image qu'elle tenait à donner d'elle-même. Attache-t-elle alors autant d'importance à la construction de la statue qu'elle a voulu ériger ? Finalement, l'essentiel, en ces jours qui lui sont comptés, n'est-ce pas de retrouver ses « fantômes » à travers la délectation que lui procure l'écriture ? Peu importe alors la vraisemblance du récit. Elle laisse sa plume errer et l'écriture se fait réminiscence, en ressassant comme on ressasse une mélodie sans s'en rassasier. On peut y voir l'illustration de ce que Freud appelait la « compulsion de répétition », voulant signifier par là que le conflit pulsionnel fondamental est répétable, déplaçable, transposable, résistant à toutes les transformations de l'appareil psychique. Le propre du fantasme étant d'insister, la même image resurgit. Entre les événements de la petite enfance, ceux de l'adolescence et ceux de l'âge adulte s'établit un rapport analogique. Le même scénario se répète à travers le chevauchement des époques, et la répétition inlassable de cette pulsion se manifeste encore et encore dans le besoin d'écrire : « Manipuler cette répétition-là, la mettre en scène, l'exploiter jusqu'à ce qu'elle délivre, au-delà de son éternel retour, sa destinée sublime d'être une lutte avec la mort — n'est-ce pas ce qui caractérise l'écriture[1] ? »

1. J. Kristeva, *Pouvoirs de l'horreur*, Seuil, coll. « Points », 1983, p. 31.

Marguerite Yourcenar en est d'ailleurs bien consciente lorsqu'elle avoue : « Le fait est que j'ai rencontré très jeune la plupart des personnages réels ou imaginaires qui allaient m'occuper toute ma vie. [...] Je n'ignore pas que la plupart des romanciers en pareil cas se tirent d'affaire en inventant un nouveau personnage ; mais, dans mon cas tout au moins, [...] j'aime mieux rester fidèle à des figures romanesques qui ont peu à peu acquis en ce qui me concerne une réalité au cours des jours. C'est au fond pourquoi je tiens à ne pas changer de fantômes[2]. »

2. *Lettres,* Lettre à Alain Bosquet, 8 juillet 1964, p. 203.

À l'appui de cette assertion, on observera que, en effet, la plupart de ses romans proviennent d'ébauches écrites dans sa jeunesse. Les Carnets de notes des *Mémoires d'Hadrien* retracent le cheminement de l'écriture du roman[3]. *L'Œuvre au noir* a pour origine le recueil de nouvelles *La mort conduit l'attelage,* écrit dans les années vingt. Les trois récits qui le composent sont considérés

3. *MH*, p. 321-323, 324-327.

alors comme les fragments d'un futur roman autobiographique, *Remous*, « immense roman irréalisable et irréalisé[1] », et sont à l'origine de plusieurs récits : *Anna, Soror... Un homme obscur, Une belle matinée*, mais aussi du *Labyrinthe du monde*.

1. *OR*, p. XV.

L'utilisation de projets antérieurs est donc fréquente chez notre auteur. Toutefois, la reprise du *Coup de grâce* à laquelle on assiste avec ce dernier chapitre, « Les sentiers enchevêtrés », montre qu'il ne s'agit pas d'un simple phénomène de réécriture. *Alexis* et *Le coup de grâce* sont des textes qui ont échappé à une recomposition. Leur relecture n'a donné lieu qu'à des corrections ponctuelles.

On ne peut donc pas parler, à propos des « Sentiers enchevêtrés », d'une réécriture au sens où l'écrivain remanierait son texte en le corrigeant, le modifiant dans le but de l'améliorer. Ici, sans qu'aucun avis soit donné sur un changement de statut, Egon, personnage d'une chronique présentée comme historique, est brusquement mis en présence des héros d'un roman, *Le coup de grâce*, écrit quarante ans auparavant. Dès lors, il acquiert une existence fictive : le lecteur, déjà dérouté par le fait que l'auteur a brusquement abandonné sa propre histoire, ne sait plus s'il s'agit de l'individu réel dont on nous a raconté la vie, ou d'un personnage appartenant au même univers imaginaire qu'Éric, Conrad ou Sophie.

Mais se poser ainsi la question, c'est se situer en dehors de la perspective qui est celle de l'auteur, marquée par le sentiment d'irréalité des choses humaines. C'est bien la leçon que retire le spectateur du théâtre nô[2],

2. Voir Dossier, p. 171.

ou celle que donne Tchouang Tcheou : au réveil celui-ci ne savait plus s'il était Tcheou rêvant qu'il était un papillon ou un papillon rêvant qu'il était Tcheou[1].

1. Voir Dossier, p. 169.

Commentant en 1969 une petite pièce qu'elle avait écrite en 1930, *Dialogue dans le marécage,* Yourcenar écrit : « Toutefois, ce n'est pas tant, comme dans les nô, l'impermanence des choses humaines que leur incertitude que je m'efforçais de présenter dans cette petite pièce. À ce dernier point de vue, cet exercice en poésie dramatique ouvre une veine *qui persiste secondairement dans d'autres de mes livres.* Qu'il s'agisse d'incertitude sur l'identité de la personne, d'un changement de nom, d'un travesti, ou d'un brouillard d'opinion nous cachant le véritable aspect d'un être, ses sentiments ou sa position par rapport à nous, j'aurai sans cesse essayé de montrer que tout est autre que nous ne pensons, vérité banale que ne conteste personne, mais dont personne ne tient compte, *et qui nous transforme dès que nous sommes pénétrés d'elle* » (c'est nous qui soulignons). Elle poursuit en comparant les deux personnages de sa pièce à ceux du nô traditionnel, et affirme : « Que l'interlocutrice de Sir Laurent soit une ombre tout court ou une ombre encore revêtue de chair, que cette rencontre se passe dans le cerveau d'un mari jaloux ou dans la cour d'une maison en ruine n'est au fond que d'une relative importance[2]. »

2. Voir la préface de *Dialogue dans le marécage*, *Théâtre* I, Gallimard, 1971, p. 176-177.

Ne donne-t-elle pas ainsi la clé du personnage d'Egon au lecteur un peu perdu dans toutes ces incertitudes ?

II. RAPPELS D'ÉPISODES ANTÉRIEURS RACONTÉS DANS *QUOI ? L'ÉTERNITÉ*

Cependant, pour aider celui-ci à retrouver ses repères, l'auteur multiplie les indices rattachant le texte à des épisodes antérieurs de *Quoi ? L'Éternité*. Le héros est bien le musicien célèbre dont la renommée est parvenue jusqu'à son pays natal (*QE*, p. 313). Le texte comporte plusieurs mentions de Jeanne : rappel de son accident (*QE*, p. 320), allusion aux problèmes de leur couple (*QE*, p. 328), à leur vie mondaine (*QE*, p. 335). Plusieurs passages rappellent les goûts homosexuels d'Egon : son regard sur Conrad (*QE*, p. 313), son plaisir à s'accrocher à Elie sur sa moto (*QE*, p. 327), son besoin de rencontres masculines, tel l'épisode avec le jeune Allemand de Francfort (*QE*, p. 336-337).

Pourtant certains détails sont peu conformes à l'idée que nous avons du personnage : que dire de la façon dont Egon est amené à tuer un soldat letton (*QE*, p. 317) ? Comme le remarque ironiquement le critique J. Lecarme, « le musicien timide retrouve dans la guerre ses réflexes de chevalier teutonique », et ses aventures, qu'il qualifie de « rocambolesques » ne lui paraissent guère vraisemblables[1]. Mais peut-on, en lisant un tel texte, se référer à la vraisemblance d'un récit réaliste ? Les critères du théâtre nô, que Yourcenar reprend à son compte dans un récit de cette facture, échappent aux catégories de notre univers occidental. Seule la psychanalyse peut permettre d'entrer dans ce genre de logique.

1. In « L'après-coup du *Coup de grâce* », *Roman 20-50, Marguerite Yourcenar aux frontières du texte*, 1995, p. 27.

III. LES REPRISES DU *COUP DE GRÂCE*

La reprise de personnages et de situations du *Coup de grâce* maintient le lecteur dans l'incertitude. De nombreux détails renvoient à ce premier texte.

LE CADRE GÉOGRAPHIQUE

Le cadre géographique est celui du *Coup de grâce.* L'action se déroule dans le paysage de bois, de bouleaux, de lacs, décrit au début du roman[1]. Yourcenar n'est jamais allée en Courlande ; elle a fait deux séjours en Finlande, pays voisin, en 1952 puis en 1962, mais le roman date d'une période antérieure, puisqu'il a été rédigé en 1938. Même si l'auteur s'appuie, suivant son habitude, sur une solide érudition (ce sujet choisi l'a obligée, dit-elle, à « déplier des cartes d'état-major » pour relater avec précision les opérations militaires, et à « rechercher de vieux journaux illustrés[2] »), il s'agit plutôt d'un paysage rêvé, l'auteur ayant toujours été fascinée par ces grandes étendues des rivages de la mer du Nord : « l'immensité fluide sans nom et sans âge, le sable gris et l'eau pâle que parcourt sans cesse le vent » (*SP*, p. 331) renvoient dans cette citation à la plage d'Ostende, mais ce sont aussi les mêmes éléments que l'on retrouve, dans l'ouverture d'*Archives du Nord* : « Contemplons plutôt ce monde que nous n'encombrons pas encore, ces quelques lieues de la forêt coupée de landes qui s'étale presque

1. *ACG*, p. 139.

2. *ACG*, p. 129.

ininterrompue du Portugal à la Norvège, des dunes aux futures steppes russes » (*AN*, p. 18).

Ces « lieux presque dénués de toute référence au passé humain[1] » sont ceux sur lesquels elle aime rêver, et c'est là qu'elle a choisi de situer son roman de jeunesse, lieux qui sont aussi le pays d'origine d'Egon. Les deux cousins, Éric et Egon, se sont baignés dans « l'eau douce des lacs ou dans l'eau saumâtre des estuaires à l'aurore[2] ».

Le nom de Kratovicé, présenté comme fictif dans la préface du roman (« L'endroit que j'appelais Kratovicé ») est donné dans *Quoi ? L'Éternité* comme un lieu réel où Egon retrouve ses cousins (*QE*, p. 314). La propriété où a été élevé Egon porte le nom de Woïronovo (*QE*, p. 313, 318), et se situe à une centaine de kilomètres de Riga. Or ce nom était curieusement celui de la propriété familiale d'Alexis, le héros du premier roman de Yourcenar, qu'elle situe cette fois dans la Bohême du Nord[3]. Le nom du village de Munau, cité plusieurs fois dans *Le coup de grâce*, se retrouve sous la forme de Murnau dans *Quoi ? L'Éternité* (*QE*, p. 314). Il s'agit sans doute dans cette dernière version d'une confusion avec le village de Murnau en Bavière, rendu célèbre par les peintres du Blaue Reiter. Rappelons que Yourcenar n'a pas eu le temps de relire son manuscrit, ce qui explique parfois certaines approximations.

1. *Carnets de notes, 1942-1948*, *EM*, p. 532.

2. *ACG*, p. 143 et *EQ*, p. 104.

3. *ACG*, p. 21-22, 25-26, 64, 112, 115, 118.

LA SITUATION HISTORIQUE

La situation historique que trouve Egon à son arrivée en Courlande est celle que Yourcenar a décrite dans *Le coup de grâce.* Le roman se situe en 1919 « dans le sillage de la guerre de 1914 et de la Révolution russe », et raconte « ces obscures opérations militaires sur la frontière d'un pays perdu[1] ». Elle dresse un tableau terrible de ce qui se passe à Riga (*QE*, p. 328). L'argent, dans ce contexte, est roi, « avec les trafiquants cossus à la mode allemande, les plus dégueulasses de tous » *(ibid.)*. (Le qualificatif est surprenant chez Yourcenar ; l'aurait-elle gardé dans la version définitive ? Sans doute, si l'on tient compte du fait qu'il s'agit d'une correction. Dans une première ébauche, elle les avait d'abord traités de « dégoûtants »[2].) La description des horreurs de la guerre continue : jusqu'au bout, Yourcenar garde la vision de la folie des hommes...

1. Préface *ACG*, p. 128-129.

2. B. Ness, *op. cit.*, p. 175.

La rencontre de fortune que fait Egon avec un jeune Allemand à Francfort donne à l'auteur l'occasion de décrire l'état d'esprit de l'armée allemande, en détresse à cette époque, vaincue et choquée, alors qu'elle n'a pas le sentiment d'avoir perdu une bataille (« On n'est pas des vaincus... », *QE*, p. 337), mais elle se sent trahie du fait que le Kaiser est parti et que la république est proclamée. Cette scène, la dernière écrite par Yourcenar, montre une fois de plus sa connaissance de l'histoire. Excité par l'alcool, le jeune homme lance des imprécations contre les Juifs, annonçant les futures persécutions :

discret rappel de l'antisémitisme d'Éric du *Coup de grâce*[1]. Il est certain que ces ressentiments accumulés, qu'exprime le compagnon d'Egon, sont ceux des troupes rentrées au pays ; ils annoncent les événements tragiques qui suivront. Suivant son habitude, Yourcenar étaie ses récits les plus fantasmagoriques de détails parfaitement exacts. Dans sa préface, elle insiste sur l'authenticité des faits, l'épisode dont elle s'inspire lui ayant été raconté par un informateur « ami du principal intéressé[2] » ; elle revient sur ce point dans la chronologie de ses œuvres[3] et dans *Les yeux ouverts*[4].

1. Voir notamment Préface *ACG*, p. 130.
2. *ACG*, p. 127.
3. *OR*, p. xx.
4. *YO*, p. 118.

LES PERSONNAGES

Egon, débarqué clandestinement sur la côte balte, tombe par miracle sur le château de ses cousins Reval (on notera que ce même patronyme désigne, dans *Quoi ? L'Éternité*, le couple Vietinghoff). Il est accueilli par Conrad qui a le même rôle dans le roman et dans « Les sentiers enchevêtrés ». « Ce Conrad quasi adolescent a un sérieux et pensif visage d'enfant » (*QE*, p. 312). « Il avait gardé une innocence d'enfant, une douceur de jeune fille », est-il précisé dans *Le coup de grâce*[5]. C'est bien le type d'adolescent androgyne qui attire Yourcenar, et que représente aussi Antinoüs. « Conrad est là pour Éric, autre cousin germain celui-là, qui est aussi son frère d'armes, son modèle et son dieu » (*QE*, p. 313).

5. *ACG*, p. 148.

Ce dernier est tellement présent dans la

mémoire de Yourcenar qu'elle n'éprouve pas le besoin de le présenter au lecteur des « Sentiers enchevêtrés ». Un simple rappel de son physique *(ibid.)* suffit à le situer.

Par bien des traits, Egon est le double d'Éric. « Comme tout fils de bonne famille dans les provinces du Nord, il a grandi parmi les gens des bois et des fermes » (*QE*, p. 103-104), et Éric a passé « de bonnes nuits de lourd sommeil dans la chambre d'honneur des fermes lettones »[1]. Éric a connu aussi les vacances sur la plage belge de Scheveningue[2], et ils ont eu la même éducation à l'allemande (tous deux claquent des talons quand ils se présentent)[3].

1. *ACG*, p. 143.

2. *ACG*, p. 193.

3. *ACG*, p. 135 et *QE*, p. 95.

Les réactions d'Egon en amour sont proches de celles d'Éric. La violence meurtrière que ce dernier exerce sur Sophie, sa façon de l'humilier, de s'acharner sur elle, se retrouvent dans la scène entre Jeanne et Egon qui suit l'arrestation de Franz à Rome. « Je pourrais vous étrangler », menace Egon (*QE*, p. 185) et il insiste sur le dégoût que lui inspire un corps de femme, « ce corps lisse, insipide [...]. Il n'y a pas eu un jour, pas un instant de ces années où vous ne m'ayez fait horreur », crie-t-il à Jeanne (*QE*, p. 186). On retrouve là le sadomasochisme qui règle souvent les rapports amoureux chez Yourcenar[4]. Egon est bien une créature yourcenarienne, tout comme Éric, proche aussi sur ce point d'Alexis, d'Hadrien et sans doute du vécu de l'auteur.

4. Voir *Dossier*, p. 188.

Une lettre écrite par Marguerite Yourcenar en mai 1987 (elle mourra en décembre de la même année) confirme l'identification qui se fait dans son esprit entre le personnage d'Alexis et celui d'Egon. Il s'agit d'une réponse à Kajsa Andersson qui vient de lui envoyer son essai *Le « don sombre ». Le thème de la mort dans quatre romans de Marguerite Yourcenar* : « *Alexis* est probablement l'ouvrage sur lequel nous différons le plus. En dépit du véritable martyre de l'angoisse et de la contrainte sur Alexis adolescent, c'est vers la vie qu'il va et qu'il atteint finalement. Le reste ne sont *(sic)* que des obstacles surmontés. Ce sera moins vrai dans *Quoi ? L'Éternité* où nous le voyons se heurter fréquemment à la vie. Mais je ne sais pas encore si c'est la mort qui pour lui aura le dernier mot[1]. »

Les termes de la lettre montrent explicitement que l'auteur traite Egon comme un personnage de roman, et que son histoire est la suite de celle d'Alexis : la première et la dernière œuvre se rejoignent... Alexis, Éric, Egon sont des incarnations du même « fantôme » !

L'histoire de Sophie, sœur de Conrad et amoureuse d'Éric, qui occupe l'essentiel du roman *Le coup de grâce,* est rapidement résumée dans *Quoi* ? *L'Éternité*, où l'on apprend que « la jeune fille a passé à l'ennemi » (*QE*, p. 314). Ainsi, Egon, l'époux de Jeanne, a connu dans sa jeunesse Sophie, l'héroïne du roman...

Un personnage secondaire, la tante Prascovie, se retrouve dans les deux textes avec les mêmes traits. « Vieille fille à peu près idiote qui représentait le coté russe de la famille[2] », elle est caractérisée par « un tic affreux qui démontait [son] visage[3] ». Elle

1. Kajsa Andersson, *Le « don sombre ». Le thème de la mort dans quatre romans de Marguerite Yourcenar*, Uppsala, 1989, Postscriptum, p. 258.

2. *ACG*, p. 143.

3. *ACG*, p. 145.

1. *ACG*, p. 151.
2. *ACG*, p. 153.
3. *ACG*, p. 227.
4. *ACG*, p. 229.

vit « claquemurée » dans sa chambre[1] et ne sait que prier devant ses icônes[2]. Réduite à l'état de « fantôme[3] », elle refuse de partir le jour où doit être évacué Kratovicé, et on l'abandonne à une vieille servante, mais Éric a appris par la suite « qu'elle avait survécu à tous ces malheurs[4] ». C'est dans le même contexte qu'on la retrouve dans *Quoi ? L'Éternité* : « La tante Prascovie et sa femme de chambre, toutes deux d'origine russe, séquestrées depuis de longs mois dans leurs chambres d'un luxe fané au milieu des signes de croix et des prières », doivent être laissées sur place au moment de l'évacuation du château (*QE*, p. 314).

IV. LES RAJOUTS PROPRES À *QUOI ? L'ÉTERNITÉ*

Histoire et fiction sont donc imbriquées au point qu'il est difficile de les séparer. Cependant, deux scènes du récit de *Quoi ? L'Éternité* ne figuraient pas dans *Le coup de grâce.*

Au cours de ses pérégrinations, Egon, à la recherche d'un abri pour dormir, découvre une cabane de forestier d'où émane « une fade odeur de décomposition humaine » (*QE*, p. 316). Un vieux et une vieille sont morts dans cette pièce et leurs cadavres gisent à terre. « Pendant qu'il regardait, un gros rat (ou un chat, il n'était pas sûr) bondit hors des jupes et s'évada par un trou » *(ibid.)*. Détail purement gratuit, sans rapport avec l'action, mais qui donne à Yourcenar l'occasion d'exprimer un fantasme qui la poursuit, l'horreur de la féminité et le rapprochement qu'elle en fait avec la mort et la décomposition. Cette impression de dégradation, associée à la maternité, est chez elle un thème récurrent, comme l'atteste aussi la réflexion purement gratuite sur les femmes enceintes qu'elle repère, particulièrement nombreuses, affirme-t-elle, sur le paquebot qui les emmène à Londres : « La nature n'est pas flatteuse envers celles qui propagent la vie : les ventres gonflés de malheureuses d'aspect plus grotesque que tragique ballottaient dans de vieilles jupes enfilées au hasard » (*QE*, p. 263)[1]. Ce dégoût pour la procréation est présent dans la scène où Egon retrouve sa mère, salie par ses vomissures (*QE*, p. 323). « Les maigres seins jaunes pendent », la peau est grumeleuse. Triste spectacle qui lui « laissa entrevoir la fissure brun-rouge dont il était sorti » (*QE*, p. 324). L'évocation de Fernande au milieu de « draps salis du sang et des excréments de la naissance » (*SP*, p. 87) n'est pas loin...

Le récit se termine sur cette phrase que la mort de l'auteur rend énigmatique : « Le télégramme qu'il avait expédié la veille n'arriva qu'après lui. »

En résumé, ce chapitre assez décousu donne l'impression d'avoir été moins vécu par Egon que rêvé par l'auteur. Certes, bien des détails révèlent une connaissance historique certaine de la situation. Cependant, tout est brouillé, et le lecteur hésite continuellement entre le réel et le fictif. Le fait que l'auteur reprenne en 1987 dans sa dernière œuvre, censée être une reconstitution historique, un

1. Une anecdote rapportée par Diane de Margerie confirme cette répulsion que Yourcenar éprouvait pour les femmes enceintes, in J. Savigneau, *op. cit.*, p. 390-391.

épisode déjà traité dans une fiction datant de 1939 (soit plus de quarante ans auparavant) représente un cas assez exceptionnel dans l'histoire de la littérature. Mais Yourcenar justifie sa démarche à l'avance, dans un passage des Carnets de notes de *L'Œuvre au noir* : « Plus je vais, plus cette folie qui consiste à refaire des livres anciens me paraît une grande sagesse. Chaque écrivain ne porte en soi qu'un certain nombre d'êtres. Plutôt que de représenter ceux-ci sous les traits de personnages nouveaux, qui ne seraient guère que des personnages anciens prénommés autrement, j'ai mieux aimé approfondir, développer, nourrir ces êtres avec qui j'avais déjà l'habitude de vivre, apprendre à les mieux connaître à mesure que je connais mieux la vie, perfectionner un monde déjà mien. " Je n'ai jamais compris qu'on se rassasiât d'un être ", fais-je dire à Hadrien parlant de ses amours. Je n'ai jamais cru non plus que je pusse me rassasier d'un personnage que j'avais créé. Je n'ai pas fini de les regarder vivre. Ils me réserveront des surprises jusqu'à la fin de mes jours[1]. »

1. Carnets de notes de *L'Œuvre au noir*, *OR*, p. 853.

Yourcenar a vécu ses dernières années dans une telle familiarité avec la pensée orientale qu'elle l'a faite profondément sienne. C'est pourquoi elle ne pouvait parler d'elle que par la médiation des personnages réels ou fictifs qui ont convergé vers elle dans le temps de son histoire individuelle. S'attarder sur son moi aurait contredit le fondement de sa démarche. Ainsi convient-il de comprendre l'absence du personnage de Marguerite dans ce dernier chapitre.

CONCLUSION

Sans doute cette œuvre a été interrompue par la mort, mais nous pouvons trouver une singulière cohérence entre l'inachèvement de l'écriture et la disparition de l'auteur.
L'œuvre que nous venons de parcourir relève de plusieurs genres : ni autobiographie véritable, ni Mémoires, ni essai, ni roman, ni poème en prose et un peu tout cela pourtant. À chaque tournant, l'auteur bouleverse l'horizon d'attente du lecteur. À lire les scènes de reconstitutions vivantes où elle excelle, on se croit installé dans les chroniques historiques ; le discours moral montrant l'individu comme lieu de passage de forces archétypales ne nous surprend pas chez l'auteur de *Souvenirs pieux* et d'*Archives du Nord.* Il s'agit toujours d'affirmer l'insignifiance et la précarité des êtres. L'histoire n'est que la répétition du passé ou l'annonce de demain. Mais brusquement, l'onirique envahit le texte, le ton devient lyrique, le lecteur hésite entre le réel et le fictif.

La prédominance du style poétique sur le style oratoire dans ce troisième volume contribue à cette impression. À partir de l'entrée en scène de Jeanne, les passages poétiques deviennent plus nombreux. La scène où l'héroïne se donne à son premier fiancé dans « la solennité de l'air libre et de la nuit » (*QE*, p. 85) en est un exemple. On relèvera aussi dans le même sens l'annonce solennelle de ce qui va être le récit de la vie du couple Jeanne-Egon, faite sur un mode lyrique qui donne le ton à cette aventure exceptionnelle (*QE*, p. 98). Les pages consacrées à cet univers étrange des rencontres entre Jeanne et Egon durant leurs fiançailles en sont une autre illustration. Ces passages, complètement déconnectés du réel, baignent dans un monde onirique. Même ton lyrique pour évoquer l'enfance de ce personnage quasi mythologique d'Egon, « temps sans peur où tout semblait neuf et permis » (*QE*, p. 104, 165). Nous ne sommes plus dans le récit historique mais dans le rêve. Les pages consacrées à Jeanne deviennent de purs poèmes en prose : union « androgyne » entre Jeanne et Egon, « abandon et béatitude, plénitude d'être et de n'être plus » (*QE*, p. 110), ou beauté de Jeanne servant le thé dans une ambiance à la Vermeer (*QE*, p. 131).

Le ton poétique se retrouve aussi dans l'évocation des plages de la mer du Nord (*QE*, p. 151) opposées à « cette grande eau presque immobile qu'est la Méditerranée » qui permet à l'auteur de décrire avec beaucoup de sensualité les émois qu'elle provoque. La Méditerranée est souvent assimilée chez Yourcenar au plaisir charnel (voir, par exemple, *ibid.*). Nous avons relevé la gracieuse présence des dauphins lors de la traversée pour l'Angleterre. Certes on trouve de tels passages dans les deux volumes précédents, mais la tonalité d'ensemble est ici plus ouvertement poétique.

Il est vrai, pourtant, que même dans *Quoi ? L'Éternité*, le style de Yourcenar garde des traces de style oratoire. L'ouverture est constituée d'une vaste anaphore de dix phrases consécutives reprenant avec insistance le thème essentiel : « Michel est seul. » Dès qu'il s'agit de déplorer la folie des hommes, l'auteur retrouve le ton sentencieux qu'elle affectionne : « Les événements politiques se succèdent [...] et s'annulent comme les brisants sur une plage. On finit par se rendre compte qu'on a affaire au rythme des choses » (*QE*, p. 14). La tirade contre les méfaits de l'automobile (*QE*, p. 30) retrouve le rythme oratoire habituel aux grandes diatribes écologiques. Consciente de son autorité, l'auteur veut convaincre, et les procédés rhétoriques sont mobilisés au service de sa thèse. Le discours argumentatif reste donc très présent.

Ce besoin de convaincre le lecteur sous le poids de son autorité pose un problème, si on se rappelle que cette écriture fait fonction d'exercice spirituel. Yourcenar aimait à dire que ses livres sont des méditations et qu'ils représentent « une série de cheminements parallèles à [ses] cheminements propres[1] ». *Le labyrinthe du monde* répond mieux que tout autre ouvrage à cette définition. Écrit sous le signe du bouddhisme, comme le prouve le *koan* cité en exergue de *Souvenirs pieux*, il manifeste une volonté de dépouillement du moi et de remise en question. Comment concilier cet apprentissage du détachement, cet effort pour faire disparaître le moi, avec l'entreprise de domination autoritaire sur autrui qui se laisse entrevoir ? Quand Yourcenar parle de l'histoire, de l'écologie, elle établit d'office un rapport de pouvoir.

1. *YO*, p. 327.

C'est le style du magistère qu'elle emploie, et nous sommes loin de la posture de questionnement suggérée par le *koan*. L'auteur n'hésite pas à mettre en cause l'intelligence du lecteur et sa capacité de comprendre. Il n'est pas question d'avoir une autre interprétation, un autre jugement que les siens.

D'où la persistance d'un classicisme sans faille, ne laissant transparaître aucune inquiétude. Les critiques ont parfois manifesté un certain agacement devant ce style trop bien écrit, qui, disent certains, sent l'apprêt[1]. Il est certain que ce travail d'écriture laisse parfois l'impression d'une crispation, l'auteur semblant prisonnière de cette rhétorique et de ces procédés conventionnels. Un des grands intérêts de *Quoi ? L'Éternité* est de faire pressentir que Yourcenar en était consciente : Egon, l'artiste qui incarne son idéal, n'est-il pas précisément un briseur de formes ? Il réalise dans son domaine ce qu'elle-même n'a su faire. L'écriture dodécaphoniste qu'elle lui prête est, en musique, proche de la révolution poétique accomplie par certains écrivains comme Mallarmé, et même déjà Rimbaud, dont nous savons à quel point il a marqué Yourcenar. Le choix qu'elle fait pour son héros de cette écriture résolument moderne témoigne bien de cette prise de conscience. Ce que nous savons de sa violence dans ses expériences amoureuses, ce qu'elle fait transparaître de subversif par rapport à la morale traditionnelle, nous laisse soupçonner un tempérament brûlant, bien loin de la vieille dame sereine qu'elle s'efforce de paraître. Mais, comme le

1. Dossier, p. 195.

fait remarquer Julia Kristeva, « la syntaxe est le barrage le plus fort auquel s'agrippe l'unité du sujet[1] ». Yourcenar n'a pas voulu — ou pas pu — choisir une syntaxe qui corresponde à son tempérament : « Jamais elle n'eut le style de son instinct. Un tumulte l'habitait, elle ne laissait filtrer qu'un mince filet d'eau », constate Pol Vandromme[2]. Le style classique semble bien avoir une fonction de défense, d'occultation du désir. La « déliaison » du langage (au sens où l'entend André Green[3]) fait prendre le risque de détruire une certaine image de soi. Plus l'écrivain se sent hanté par le morcellement, plus il vise un discours de cohésion. Choisir une écriture imprégnée de rhétorique, mettant en valeur les liens de causalité par le choix des subordonnées, les balancements bien ajustés, les chutes travaillées, manifeste une volonté de rester maître du sens. Cette attitude du sujet parlant traduit une position transcendantale de l'ego dominant le temps, l'espace et les rapports logiques, ce qui est tout à fait rassurant.

Notons pourtant qu'à la fin de sa vie, Yourcenar découvre un autre fonctionnement de la langue dans le haïku, et qu'un de ses derniers écrits *Les trente-trois noms de Dieu. Essai d'un journal sans date et sans pronom personnel*[4], illustre cette préoccupation. Ce poème sans syntaxe, avec l'apparition de blancs, correspond, en littérature, à ce qu'Egon produit en musique : « un chant aux flexions impossibles à prévoir, aux intervalles à la fois inévitables et incalculables, et presque mortellement pur » (*QE*, p. 188) ; « un monde

1. J. Kristeva, *La révolution du langage poétique*, Seuil, coll. « Points », 1985, p. 115.

2. *Pourquoi pas ?* du 8 décembre 1988 ; voir Dossier, p. 195. Notons cependant une exception avec *Feux*, poèmes en prose écrits en 1935, sous le coup de sa passion pour André Fraigneau.

3. André Green, *La déliaison*, Belles Lettres, 1992.

4. Voir Dossier, p. 153-156

auditif sans effusions et sans symboles, qui à la fois nie et remplace tout. Un peu plus loin, mais situé pourtant à une distance infinie, on aboutirait au silence » (*QE*, p. 97). C'est d'ailleurs la même démarche qu'elle prête dans son dernier roman, *Un homme obscur,* à Nathanaël qui, lui aussi, aboutit au silence. Il suffit de comparer les premières œuvres poétiques de Yourcenar, d'un style académique assez pompeux, à ses dernières productions pour voir le chemin accompli. Un des intérêts majeurs de *Quoi* ? *L'Éternité* est de nous faire pressentir ces interrogations de l'auteur.

Cet ouvrage au genre indéfinissable nous permet d'approcher plus intimement l'auteur et de mesurer les conflits de sa vie intérieure. La difficulté qu'elle éprouve à construire, sa vie durant, une identité stable et individualisée apparaît à travers la bisexualité de sa vie amoureuse. La jeune femme encore éprise d'André Fraigneau commence une liaison avec Grace Frick ; la passion qui l'emporte, dès la mort de cette dernière, pour un homme jeune et homosexuel est un nouveau témoignage d'une vie tourmentée, marquée, comme on l'a souvent fait observer, par une carence de la relation à la mère. La nostalgie du retour à l'état fusionnel, où le nourrisson et sa mère ne font qu'un, constitue un élément essentiel de sa vie affective. La mort de la mère, consécutive à sa propre naissance, ne peut pas ne pas laisser de traces, et semble bien à l'origine de sa bisexualité (besoin de retrouver le même dans l'autre) et du sentiment de culpabilité qui l'amène à des situations toujours renouvelées, où elle est malmenée par l'homme aimé. Le masochisme, lié au sentiment de culpabilité[1], fait que le même scénario se répète, le besoin de punition et d'expiation étant chez elle fondamental. Cette même logique peut expliquer, sur le mode de la sublimation, son attrait pour la mystique bouddhique, où domine le désir de la perte de soi. Ces tendances étaient, certes, visibles dans le reste de son œuvre, mais, dans *Quoi ? L'Éternité*, elles apparaissent plus clairement, l'auteur se laissant aller à des confidences plus directes.

1. Voir Dossier, p. 188.

Quoi ? L'Éternité permet de nous faire de Marguerite Yourcenar une autre idée que celle, couramment admise, d'un auteur au classicisme sans faille, résolument antimoderne, et un peu étrangère aux problèmes de ce XXe siècle finissant. Elle a senti les limites de cet humanisme classique dans lequel a baigné sa jeunesse. Elle a cru trouver une réponse à l'angoisse que provoque ce constat en adhérant à la mystique bouddhique, et le succès de ce mode de pensée parmi ses contemporains montre qu'elle partage leurs inquiétudes. Alors, notre auteur est-elle aussi représentative du classicisme que le croient certains de ses lecteurs ? Voire... Il serait plus juste de dire qu'elle a été marquée, intellectuellement et affectivement, par une formation classique. Mais elle-même a souvent parlé de son passage de l'humanisme à un autre mode de pensée qui dénonce l'individualisme propre à la civilisation occidentale contemporaine. Dans la préface de *La petite sirène*, datant de 1970, elle commente son « passage de l'archéologie à la géologie, de la méditation sur l'homme à la méditation sur la terre », et elle reprend ce thème dans le discours de remerciement prononcé lors de la réception du prix Érasme en 1983[1]. Cette autre vision du monde, proche de la pensée orientale, imprègne la période de son exil américain, et plus particulièrement celle des dernières années de sa vie. Elle commande sa dénonciation de la civilisation moderne, son refus de la notion de progrès et tous les grands thèmes écologiques qui font une partie de son succès auprès de toute une catégorie de lecteurs.

1. Discours reproduit dans la revue *Roman 20-50*, n° 9, mai 1990, p. 117-121. Voir aussi la préface de *La petite sirène*, Théâtre I, Gallimard, p. 146.

Même si nous n'adhérons pas forcément aux réponses qu'elle donne, même si son rêve de fusion dans le grand Tout peut paraître peu convaincant, il n'en reste pas moins que ses interrogations peuvent être aussi les nôtres.

Au terme de notre lecture de *Quoi ? L'Éternité*, il convient de rappeler le *koan* zen placé en exergue de *Souvenirs pieux* : « Quel était votre visage... » Cette œuvre autobiographique a suivi le long cheminement d'une recherche de sa vérité personnelle fondamentale, à la façon de l'exercitant qui tente de répondre à la question du *koan*. C'est ainsi qu'elle entreprend l'interrogation de ses ancêtres, de l'histoire de son pays, et contemple la terre primordiale. C'est ainsi également, particulièrement dans *Quoi ?*

L'Éternité, qu'elle revient sur ses personnages fictifs, sur ses fantasmes, ses pulsions. Au terme de cette interrogation, elle rappelle que le problème de son identité se révèle absurde, comme l'enseigne le *koan*, et que la question, dès le départ, ne signifiait rien. Pour autant, son moi a-t-il réellement disparu ?

En interrogeant à notre tour son dernier ouvrage, en nous aidant de quelques concepts contemporains, en particulier psychanalytiques, nous pensons avoir surpris un retour subreptice du moi. En effet, ce long cheminement dans l'histoire de sa famille et le développement romancé de ses fantasmes finit par manifester ce que l'auteur entendait faire disparaître. Au moment où l'œuvre autobiographique devait s'estomper dans l'affirmation de l'illusion du moi, l'écriture, en rassemblant le réel et le fictif, les exigences spirituelles et les pulsions les plus violentes, nous révèle ce que furent la vie aussi bien que la vision du monde de Marguerite Yourcenar.

DOSSIER

I. ÉLÉMENTS BIOGRAPHIQUES CONCERNANT *LE LABYRINTHE DU MONDE*

1903 Naissance à Bruxelles, le 8 juin, de Marguerite de Crayencour. Mort, dix jours plus tard, de Fernande de Crayencour, née de Cartier de Marchienne, sa mère.

Retour de la petite Marguerite et de son père dans la propriété familiale du Mont-Noir, près de Bailleul (Nord).

1905-1908 Étés à Scheveningue, auprès de Jeanne de Vietinghoff, une amie de pension de sa mère.

1909 Rupture de la liaison entre Jeanne de Vietinghoff et Michel de Crayencour.

Mort de Noémi, grand-mère paternelle de Marguerite.

1912 Vente du Mont-Noir. Installation à Paris, avenue d'Antin. Achat d'une villa sur la côte belge pour les vacances.

1914 Départ de la famille de Crayencour pour Londres.

1915 Retour à Paris.

1917 Séjour dans le midi de la France (Monte-Carlo).

1921 Lecture de documents généalogiques sur la famille paternelle en vue d'« un long roman concernant l'histoire de plusieurs familles ou groupes reliés entre eux et s'étalant sur quatre siècles. [...] Cet immense roman, irréalisable et irréalisé, que Marguerite Yourcenar s'était proposé d'intituler *Remous*, a été en quelque sorte inconsciemment continué dans les deux premiers volumes du *Labyrinthe du monde* » (Chronologie, *OR*, p. xv).

1926 Mort de Jeanne de Vietinghoff.
Mariage de Michel de Crayencour avec Christine Brown-Hovelt à Monaco.

1929 Mort de Michel de Crayencour à Lausanne.
Écrit les textes sur la mort de Jeanne.

1930 Rencontre l'écrivain André Fraigneau.

1929-1931 Séjours en Belgique pour essayer de récupérer une partie de l'héritage maternel.

1932-1933 Découverte de la Grèce.

1935-1938 Croisières en Grèce en compagnie d'Andreas Embiricos. Écrit *Feux*, *Les songes et les sorts*, *Nouvelles Orientales.*

1937 Rencontre Grace Frick à Paris.
Premier séjour aux États-Unis où elle a été invitée par Grace.

1938 Retour à Capri, puis à Sorrente où elle rédige *Le coup de grâce.*

1939 Départ pour les États-Unis le 15 octobre. Vit chez Grace.

1942 Enseigne la littérature française dans un collège de la banlieue de New York.

1947 Naturalisée américaine.

1952 Acquisition de Petite-Plaisance, dans l'île des Monts-Déserts où elle s'installe définitivement avec Grace Frick.

1954 Séjour en France. « Une visite dans le nord de la France inclut les sites de l'enfance, point revus depuis tant d'années, et sert de préparation aux futures *Archives du Nord*, dont le projet ne sera délibérément établi qu'une dizaine d'années plus tard. Il en va de même pour une visite en Belgique où elle revoit, ou même voit pour la première fois, certains lieux habités jadis par sa famille maternelle, jetant ainsi les bases de *Souvenirs pieux* » (chronologie, *OR*, p. XXV).

1956 Voyage en Europe avec Grace Frick ; recherche de documents généalogiques sur la famille maternelle en Belgique ; visite à Acoz, ancienne demeure d'Octave Pirmez ; visite aux membres de sa famille maternelle et au cimetière de Suarlée.

1958 Juin : Grace Frick subit une première intervention chirurgicale.

1961 Nouvelle intervention chirurgicale.

1968 Parution de *L'Œuvre au noir*. Retour en France de Marguerite et de Grace après une absence de douze ans.

1968-1969 Brève incursion en Belgique à la recherche d'archives familiales qui serviront à écrire son prochain livre, *Souvenirs pieux*.

1969 « Marguerite Yourcenar entreprend la rédaction de *Souvenirs pieux* » (chronologie, *OR*, p. XXIX).

1971 Réception à l'Académie royale de langue et de littérature françaises à Bruxelles. Séjour à Amsterdam et à l'île de Texel. Été « à Petite-Plaisance où elle travaille à *Souvenirs pieux* » (chronologie, *OR*, p. XXIX).

1971-1979 Aggravation de l'état de santé de Grace ; « la vie immobile ».

1974	Parution de *Souvenirs pieux*.
1974-1977	Rédaction d'*Archives du Nord* qui paraît en 1977.
1978	« S'applique de plus en plus sérieusement à l'étude de la langue japonaise. [...] Commence *Un homme obscur* » (chronologie, *OR*, p. XXXI).
1979	18 novembre : mort de Grace Frick.
1980	En février, départ pour la Floride avec Jerry Wilson ; croisière aux Caraïbes. Élection à l'Académie française. Retour à Monts-Déserts en mars. Jerry reste jusqu'après Pâques.
	Été à Petite-Plaisance, où elle continue la rédaction d'*Un homme obscur*.
	Octobre-novembre : séjour d'un mois en Angleterre, aux Pays-Bas, notamment à Texel, en compagnie de Jerry Wilson.
1981	Continue le voyage vers la Belgique, Acoz notamment, puis le Mont-Noir, Lille et Bailleul.
	22 janvier : réception à l'Académie française. Puis long séjour au Maroc avec Jerry. Retour par Paris et les Pays-Bas (Bruges, Texel).
	En été, achève à Petite-Plaisance *Un homme obscur*, et rédige *Mishima ou la vision du vide*.
1982	Voyage d'un mois en Égypte avec Jerry.
	Retour à Paris ; entreprend la rédaction de *Quoi ? L'Éternité*.
	Fin avril : retour aux États-Unis. Départ pour l'Asie en septembre.
1982-1983	Traversée du Canada, puis embarquement à San Francisco pour le port japonais de Yokohama.
	4-16 octobre : séjour à Tokyo.

17-20 octobre : excursion dans le Nord, sur les pas du poète Basho.

20-30 octobre : retour à Tokyo ; rencontre la veuve de Mishima.

31 octobre-19 novembre : séjour à Kyoto ; visite du Pavillon d'Or.

21 novembre-7 décembre : séjour à Tokyo consacré au théâtre nô, kabuki et bunraku.

Fin décembre : nouveau séjour à Kyoto, puis Hiroshima.

1983 1er janvier : départ pour la Thaïlande. Séjour à Bangkok et à Pattaya.

13 janvier-17 février : séjour en Inde. De là départ pour la Grèce, puis retour à Petite-Plaisance fin avril.

Octobre : se rend à Amsterdam pour recevoir le prix Érasme. Rencontre le baron Egon de Vietinghoff, fils aîné de Jeanne de Vietinghoff.

30 novembre : départ pour le Kenya avec Jerry Wilson. Séjour à Nairobi, où elle est hospitalisée à la suite d'un accident.

1984 Départ de Nairobi pour Marseille, puis retour aux États-Unis.

Tournage de *L'île heureuse* avec Jerry Wilson. En août, Jerry rentre à Paris.

Décembre : triste Noël à Amsterdam avec Jerry et son ami Daniel.

1985 1er janvier : départ pour l'Inde, voyage où Daniel les accompagne.

Pendant le séjour à Jaipur, Marguerite Yourcenar se remet à la rédaction de *Quoi ? L'Éternité*, abandonnée depuis 1982.

L'état de Jerry Wilson s'aggravant, ils sont obligés d'interrompre le voyage et rentrent aux États-Unis en mars. Jerry, atteint du sida, se rend à Paris pour un nouveau traitement. Marguerite Yourcenar est elle-même hospitalisée en octobre pour un pontage coronarien. Jerry, à cette occasion, lui rend visite ; ce sera leur dernière rencontre.

Parution d'*Un homme obscur*, dédié à Jerry Wilson.

1986 8 février : mort de Jerry Wilson.

Marguerite Yourcenar, deux mois après la disparition de Jerry, entreprend un voyage en Europe axé sur le souvenir du compagnon disparu ; retour aux États-Unis le 15 juin.

Novembre : séjour à Amsterdam ; le 23 novembre, à Zurich, nouvelle rencontre avec Egon de Vietinghoff.

1987 Nouveau séjour au Maroc où Marguerite Yourcenar achève le chapitre « Les miettes de l'amour » de *Quoi ? L'Éternité*. Retour en mars à Paris, puis fin avril, retour à Petite-Plaisance où l'auteur poursuit la rédaction de *Quoi ? L'Éternité*. Son travail au cours de l'été est interrompu, écrit-elle, par « la relecture des œuvres de Jorge Luis Borges en vue d'une conférence qu'elle a accepté de faire à l'Université Harvard dans le courant de l'automne. Fin août, elle se remet à *Quoi ? L'Éternité* laissé en plan depuis la mi-mai » (chronologie, *OR*, p. XXXVIII). Après cette conférence, qui a lieu le 4 octobre, elle poursuit la rédaction des « Sentiers enchevêtrés », dernier chapitre de *Quoi ? L'Éternité*, et prépare son départ pour l'Inde.

Elle est victime d'un accident cérébral le 8 novembre, et meurt le 17 décembre à l'hôpital de Bar Harbor.

1988 Parution de *Quoi ? L'Éternité*, chez Gallimard, dans la collection blanche avec une note d'Yvon Bernier sur le contenu des pages manquantes.

1990 Parution de *Quoi ? L'Éternité* dans la collection Folio.

II. QUELQUES ÉCRITS DE MARGUERITE YOURCENAR

I. SUR JEANNE DE VIETINGHOFF : *SEPT POÈMES POUR UNE MORTE*

Yourcenar a consacré à Jeanne de Vietinghoff un long texte sous le titre « En mémoire de Diotime : Jeanne de Vietinghoff. » L'auteur se réfère au *Banquet* de Platon, où la prêtresse Diotime est chargée par Socrate de faire l'éloge du vrai amour, celui qui, poussé à son terme, introduit à la contemplation du Beau absolu :

Quand Diotime se charge d'expliquer Dieu aux convives du Banquet, elle ne condamne aucune forme de la passion humaine, elle tente seulement d'y joindre l'infini. [...] Elle [Jeanne] finissait par préférer à tout cette simplicité des mains vides. Il semble qu'elle aussi se dépouillât pour dormir : « Je voudrais, ô Dieu, pouvoir chaque matin, en élevant mon regard vers toi, t'offrir mes mains vides[1]. » [...] Ainsi se déroula cette vie platonicienne. Jeanne de Vietinghoff évolua sans cesse de la sagesse courante à une sagesse plus haute, de l'indulgence qui excuse à l'intelligence qui comprend, de la passion de vivre à l'amour désintéressé que lui inspirait la vie — et, comme elle le disait elle-même, « du bon Dieu des petits enfants au Dieu infini du sage ». [...] On voudrait croire que la dissolution du tombeau n'arrête pas un développement si rare ; on voudrait croire que la mort, pour de telles âmes, n'est qu'un échelon de plus.

In *Le temps, ce grand sculpteur*, *EM*, p. 408 et 414.

À celle « qui n'a jamais cessé de représenter pour moi un des types les plus parfaits de la femme » (*YO*, p. 36) sont

1. Extrait de Jeanne de Vietinghoff, *Sur l'art de vivre*, Paris, Librairie Fischbacher, 1927, p. 2.

aussi dédiés ces poèmes écrits en 1929, après la mort de Jeanne.

I. CEUX QUI NOUS ATTENDAIENT...

In *Les charités d'Alcippe*, Gallimard, 1984, p. 28-34.

Ceux qui nous attendaient, se sont lassés d'attendre
Et sont morts sans savoir que nous allions venir,
Ont refermé leurs bras qu'ils ne peuvent plus tendre,
Nous léguant un remords au lieu d'un souvenir.

Les prières, les fleurs, le geste le plus tendre,
Sont des présents tardifs que rien ne peut bénir ;
Les vivants par les morts ne se font pas entendre ;
La mort, quand vient la mort, nous joint sans nous unir.

Nous ne connaîtrons pas la douceur de leurs tombes.
Nos cris, lancés trop tard, se fatiguent, retombent,
Pénètrent sans écho la sourde éternité ;

Et les morts dédaigneux, ou forcés de se taire,
Ne nous écoutent pas, au seuil noir du mystère
Pleurer sur un amour qui n'a jamais été.

II. VOICI LE MIEL QUI SUINTE...

Voici le miel qui suinte au cœur profond des roses,
Les couleurs, les parfums et les souffles aimés.
Vous ne sourirez plus à la beauté des choses ;
Vos bras prompts à s'ouvrir se sont enfin fermés.

Vous ne sentirez pas, sur vos paupières closes,
Le lent effeuillement des longs pleurs parfumés ;
Votre cœur s'est dissous dans les métamorphoses ;
J'arrive juste à temps pour vous perdre à jamais.

Voici mes yeux, mes mains, mes pieds qui vous cherchèrent
Dans cet étroit jardin où d'autres vous couchèrent,
J'avance en hésitant comme un triste étranger.

Je vous rejoins trop tard... Je me repens, j'envie
Ceux qui, mieux avertis que tout est passager,
Vous montraient leur amour quand vous étiez en vie.

III. JE N'AI SU QU'HÉSITER...

Je n'ai su qu'hésiter ; il fallait accourir ;
Il fallait appeler ; je n'ai su que me taire.
J'ai suivi trop longtemps mon sentier solitaire ;
Je n'avais pas prévu que vous alliez mourir.

Je n'avais pas prévu que je verrais tarir
La source où l'on se lave et l'on se désaltère ;
Je n'avais pas compris qu'il existe sur terre
Des fruits amers et doux que la mort doit mûrir.

L'amour n'est plus qu'un nom ; l'être n'est plus qu'un
nombre ;
Sur la route au soleil j'avais cherché votre ombre ;
Je heurte mes regrets aux angles d'un tombeau.

La mort moins hésitante a mieux su vous atteindre.
Si vous pensez à nous votre cœur doit nous
plaindre.
Et l'on se croit aveugle à la mort d'un flambeau.

V. LE MIEL INALTÉRABLE...

L'univers reprend le peu qui fut nous-mêmes.
Vous ne saurez jamais que mes larmes vous
aiment ;
J'oublierai chaque jour combien je vous aimais.

Mais la mort nous attend pour nous bercer en elle ;
Comme une enfant blottie entre vos bras fermés ;
J'entends battre le cœur de la vie éternelle.
[...]

VII. VOUS NE SAUREZ JAMAIS...

Vous ne saurez jamais que votre âme voyage
Comme au fond de mon cœur un doux cœur adopté ;

Et que rien, ni le temps, d'autres amours, ni l'âge
N'empêcheront jamais que vous ayez été.

Que la beauté du monde a pris votre visage,
Vit de votre douceur, luit de votre clarté,
Et que ce lac pensif au fond du paysage
Me redit seulement votre sérénité.

Vous ne saurez jamais que j'emporte votre âme
Comme une lampe d'or qui m'éclaire en marchant ;
Qu'un peu de votre voix a passé dans mon chant.

Doux flambeau, vos rayons, doux brasier, votre flamme,
M'instruisent des sentiers que vous avez suivis,
Et vous vivez un peu puisque je vous survis.

II. SUR LE THÈME DE LA NUIT : *ENDYMION*

Le thème de la nuit, dont nous avons vu l'importance dans une scène consacrée à l'éveil de la sensualité chez Jeanne, a déjà été développé dans une œuvre de jeunesse (1928).

In *Les charités d'Alcippe*, *op. cit.*, p. 38-41.

Mère éthiopienne aux mamelles d'étoiles,
Matrice où l'univers éclôt avec lenteur,
Nuit dont la noire chair a de luisantes moelles,
Ombre laiteuse au Pôle et verte à l'Équateur.

Nuit, secrète tiédeur où les corps se pénètrent,
Où l'âme se répand en de sombres parfums ;
Minuit, zéro de l'heure, étonnement des êtres,
Où rôdent, spectres blancs, d'autres minuits défunts.

Vide, puits d'absolu, présence de l'espace
Aumône d'une paix qui n'est pas du repos ;
Le vent assoupisseur qui se lève et qui passe
Couche, gavés d'oubli, les vivants, ces troupeaux.

Point d'aboutissement des spasmes qui s'achèvent,
Où se font, se défont, et se refont nos fers,
Où ces étranges Nous que nous nommons nos rêves
Nous portent en riant vers nos secrets enfers.

Nuit qui fais resplendir sur la beauté du pâtre
La pâleur de la lune et celle du désir.
Touffes noires de l'ombre au creux chaud d'un albâtre
Sépulcre sidéral où saigne du plaisir.

Heure où tout l'univers redevient du possible,
Résolution sombre où tendent les accords ;
Frémissement confus, indistinct et paisible,
Où tous les corps humains ne sont plus qu'un seul corps.

Nuit où le nouveau-né croit retrouver l'asile
Du gouffre maternel qui longtemps l'abrita ;
Océan de noirceur dont l'astre n'est qu'une île ;
Nuit dont chaque matin, le jour est l'apostat...

J'ai cessé d'espérer, de poursuivre ou d'étreindre ;
Je ne suis qu'un oubli respirant et bercé.
L'ombre, secret giron où plus rien n'est à craindre,
Fait de l'immense vie un cauchemar passé.

La nuit résout en moi l'énigme qui m'obsède ;
Mon corps fond comme un miel dans ce nocturne été ;
Et l'être, chaque soir, qui se livre et qui cède,
Passe des bras de Pan dans les bras d'Astarté.

III. *LES TRENTE-TROIS NOMS DE DIEU (ESSAI D'UN JOURNAL SANS DATE ET SANS PRONOM PERSONNEL)*

On mesurera l'évolution de l'écriture de Yourcenar en comparant les poèmes qui précèdent au dernier texte poétique écrit par elle-même. Ce poème, écrit le 22 mars 1982, est paru (sans signature) dans *La Nouvelle Revue française* du 1er juin 1986.

NRF, n° 401, juin 1986, p. 101-117.

Mer au matin

Bruit de la
source dans
les rochers
sur les parois de pierre

Vent de mer
la nuit,
dans une île

Abeille

Vol triangulaire
des cygnes

Agneau nouveau-né
beau bélier
brebis

Le doux mufle
de la vache
le mufle sauvage
du taureau

Le mufle
patient du
bœuf

Le feu rouge
dans l'âtre

Le chameau
boiteux
qui traversa la
grande ville encombrée
allant vers sa mort

L'herbe
    L'odeur de l'herbe

La bonne terre
    Le sable
        et la cendre

Le héron qui a
attendu toute la
nuit, à demi gelé,
et qui trouve
à apaiser sa
faim à l'aurore

Le petit poisson
qui agonise
dans le gosier du
            héron

La main,
qui entre en
contact
avec les choses

La peau —
toute la surface
du corps

Le regard
et ce qu'il regarde

Les neuf portes
de la
perception

Le torse
humain

Le son d'une
viole ou d'une
flûte indigène

Une gorgée
de boisson
froide ou
chaude

Le pain

Les fleurs
qui sortent
de terre au
printemps

Sommeil
dans un lit

Un aveugle
qui chante
et un enfant
infirme

Cheval qui
court
en liberté

La femme
aux chiens

Les chameaux

qui s'abreuvent
avec leurs petits
dans l'oued
difficile.

Soleil levant
sur un lac
encore à demi
   gelé

L'éclair
   silencieux
La foudre
   bruyante

Le silence
entre deux amis

La voix qui vient
   de l'est
entre par l'oreille
   droite
et enseigne un chant.

Alors que les poèmes antérieurs étaient écrits selon les règles de la prosodie classique, rigoureusement respectées (rimes riches, versification parfaite), dans un style proche de Baudelaire ou de Valéry, le nouveau type d'écriture de Yourcenar est proche du haïku. Le haïku fut d'abord un simple divertissement de société, mais le poète Basho l'a érigé au rang de forme littéraire. Il s'agit d'un poème de dix-sept syllabes qui donne l'impression de vacuité d'où surgit soudainement l'événement. Yourcenar a commenté l'œuvre du poète Basho dans son article « Basho sur la route[1] ». Elle y fait notamment allusion au haïku suivant :

Le vieil étang
Une grenouille y plonge.
Le ploff dans l'eau ! *EM*, p. 601.

1. « Le tour de la prison », EM, p. 599-604.

Elle-même avait déjà cherché à traduire cette fulgurance de l'instant dans le poème *Le visionnaire*, écrit en 1955 :

J'ai vu sur la neige
un cerf pris au piège.
J'ai vu sur l'étang
un noyé flottant.
J'ai vu sur la plage
un sec coquillage.
J'ai vu sur les eaux
les tremblants oiseaux.
J'ai vu dans les villes
des damnés serviles.
J'ai vu dans la plaine
la fumée des haines.
J'ai vu sur la mer
le soleil amer.
J'ai vu dans les cieux
d'insondables yeux.
J'ai vu dans l'espace
ce siècle qui passe.
J'ai vu dans mon âme
la cendre et la flamme.
J'ai vu dans mon cœur
un noir dieu vainqueur.

Entretiens avec Patrick de Rosbo, Mercure de France, 1980, p. 169-170.

IV. EXTRAITS DE LA CORRESPONDANCE

SUR LE SENS DE SON ŒUVRE

Jean Roudaut avait publié dans *La Nouvelle Revue française* de novembre 1978 un article intitulé « Une autobiographie impersonnelle ». Par ce titre, il voulait signifier que l'écriture est, pour Yourcenar, exercice d'indifférence et d'effacement :

Ce à quoi mène l'écriture biographique, c'est paradoxalement non pas au renforcement du moi mais à sa dis-

NRF, n° 30 novembre 1978.

solution. Ce qui l'intéresse, ce n'est pas de se retrouver telle qu'elle s'imagine avoir été, mais de mener son rêve en des confins où elle n'a plus de visage [...]. À la recherche d'identité qui est la base des Confessions, ou du Temps perdu, Yourcenar substitue une exercice de dilution. Il s'agit non de s'affirmer par la littérature mais de s'évanouir en elle.

Voici des extraits de sa réponse à Jean Roudaut (18 novembre 1978) :

Votre essai « Une autobiographie impersonnelle », dans le dernier numéro de la NRF, a été pour moi un véritable événement. Personne n'avait jamais ainsi survolé mes ouvrages pour en tracer la carte, et j'ai l'impression en vous lisant de me comprendre un peu mieux moi-même. Un critique étranger avait cru voir dans *Souvenirs pieux* une autobiographie déguisée, comme si je me cachais sous des masques (cacher quoi ?). C'était passer à côté de l'explication. [...] Vous avez vu où se situera le nœud du problème dans *Quoi ? L'Éternité*. Parmi les êtres qui restent à décrire, ou à finir de décrire (comme Michel), il y a l'enfant qui grandit, à qui je ne peux pas faire la part plus petite qu'aux autres, seulement parce qu'elle est un premier état de moi-même. Mais l'introduction de cette nouvelle et passagère entité est déroutante pour le moi qui parle. D'autre part, vous avez bien compris que ce qu'il importe surtout de montrer est la prise de possession de ce moi enfantin par l'expression, qui d'abord définit la personne, puis dissout celle-ci. J'espère trouver le moyen de montrer ce processus.

Lettres, p. 595-596.

Le travail d'écriture est donc pour Marguerite Yourcenar avant tout un exercice spirituel, et elle confirme à deux de ses correspondants que c'est là pour elle l'essentiel (6 janvier 1963) :

Tout ce que je puis dire (et vous vous en doutez déjà) c'est qu'une existence consacrée en effet en grande

Lettres, p. 182.

partie à essayer de réaliser des ambitions littéraires (*et plus secrètement spirituelles*)[1] a souvent de mauvais et bien souvent de très difficiles moments, et que tout semble parfois se liguer contre nos progrès, aussi bien en nous qu'autour de nous, mais qu'elle a aussi ses infinies compensations et ses solides joies.

SUR LA PHILOSOPHIE ORIENTALE

Lettre à Anat Barzilaï (20 septembre 1977)

Lettres, p. 562.

L'ascète tantrique n'ignore pas que ces dieux qu'il visualise chaque jour plus exactement dans sa cellule, il peut aussi par un effort de volonté contraire, les dissiper comme le vent dissipe les nuages au ciel. Pour l'esprit européen, ou méditerranéen si vous aimez mieux, le Réel, avec majuscule, a toujours été opposé à l'imaginaire, et l'imaginaire n'a jamais constitué une puissante portion du réel, ce qu'on perçoit pourtant dès qu'on se livre à l'étude comparée des religions, des mouvements d'idées, et même des opinions politiques. J'ai essayé de faire exprimer la chose à Zénon (« dire d'une apparition qu'elle est tout entière dans l'imagination ne signifie pas qu'elle soit imaginaire au sens grossier du terme ; les dieux et les démons qui résident en nous sont fort réels »).

SUR SON PÈRE

Lettre à Denise Mac Adam (10 novembre 1975)

Lettres, p. 474.

J'en suis à la moitié du pendant de *Souvenirs pieux* : *Labyrinthe du monde*[2] qui évoque ma famille paternelle française. J'en suis aux années 1880 (la jeunesse de mon père) et suis accablée par le sentiment de l'inéluctable et du futile qui se dégage de ces quelques exemples de la condition humaine. Mais ces gens-là ont joui de la vie et se sont amusés à leur manière.

1. C'est nous qui soulignons.
2. C'est le premier titre donné à ce qui deviendra *Archives du Nord*.

À Georges de Crayencour (21 septembre 1977)

Le petit-neveu de Marguerite Yourcenar avait eu des réactions assez vives à la parution d'*Archives du Nord.* Voici ce que lui répond l'auteur :

Vous me dites que, sans écorner la vérité, vous auriez passé plus légèrement sur certains épisodes de la vie de « Michel » qui vous paraissent plutôt scandaleux. Mais c'est impossible. Tout se tient tellement qu'il fallait tout dire et le dire complètement, de façon à ce que le lecteur comprenne les émotions humaines derrière les faits. Si j'avais seulement dit, en quelques mots, que Michel avait deux fois déserté, nous serions naturellement, vous comme moi, terriblement gênés par cette révélation. Quand au contraire on regarde de près les circonstances, on comprend mieux. [...] Un auteur de biographies quelconque aurait un jour ou l'autre découvert ces détails en tâchant de s'informer sur mes ascendants : j'aime mieux que ce soit moi qui les présente avec le plus d'humanité possible. *Lettres*, p. 565.
Vous avez raison de dire qu'en somme la vie de Michel a été tragique. C'est ce que j'ai essayé d'indiquer en prenant pour titre de cette partie ANANKE (la fatalité) et pour épigraphe le poème si mélancolique de Bob Dylan (« Sur combien de routes doit marcher un homme... »). Mais je crois plutôt que cette vie aurait été tragique, si le goût de vivre et l'élan ne l'avaient pas emporté chez ce très grand vivant.

Elle termine cette lettre par l'annonce de son dernier volume, *Quoi ? L'Éternité* :

Je présenterai aussi deux femmes qui ont mené « Michel » aux abords de la vie spirituelle : sa sœur Marie, que je n'ai pas connue, puisqu'elle est morte un an avant ma naissance, mais dont il m'a beaucoup parlé, et qui était sûrement une sainte, et une autre femme, protestante celle-là, qui avait refusé de divorcer pour l'épouser, et qui lui a fait comprendre, pour la pre- *Lettres*, p. 567.

mière fois, qu'une femme brillante et passionnée pouvait néanmoins vivre sur l'idée de Dieu. Je dis « aux abords de la vie spirituelle », parce que Michel ne s'est jamais engagé loin dans cette voie. Chacun a la sienne. Je crois qu'il faut prendre les gens comme ils sont (on est du reste bien forcé) et les aimer, quand on peut, pour leurs grands et bons côtés, quand ils en ont. « Michel » en avait d'immenses.

SUR LE TEMPS DE LA MALADIE DE GRACE FRICK

Lettre à Helen Howe Allen (février 1968)

Il y a bien des moments où cette maison, où mon intention n'était pas de vivre si continuellement, comme depuis quelques années les circonstances m'y forcent, me semble une prison. Mais (comme dit Shakespeare) c'est le monde qui en est une, et à notre époque surtout, on peut à peine se plaindre que les circonstances nous aient parfois poussés où nous n'avions pas compté aller. Du point de vue du travail littéraire, je me dis parfois que la vacuité, l'isolement moral, la dureté d'un paysage si différents de ceux où j'ai autrefois vécu et sa désolation hivernale auront du moins eu cet étrange mérite de rompre certains liens et certaines associa tions d'idées auxquelles je croyais tenir plus que tout, et de m'obliger à une sorte d'ascèse de l'esprit.

Lettres, p. 277.

SUR LE « JE » EN LITTÉRATURE

Lettre à Jean Chalon (19 septembre 1978)

Oui, le « je » en littérature est difficile. Mais il devient plus aisé quand on s'est aperçu que le « il » veut parfois dire « je », et que « je » ne signifie pas toujours « soi ».

Lettres, p. 593.

SUR L'ART MODERNE

Nous avons souligné, dans l'Essai, les conceptions révolutionnaires sur l'art que Marguerite Yourcenar prêtait à

son personnage Egon de Reval. Nous trouvons dans sa correspondance un écho de ses interrogations sur l'art moderne.

Lettre à Jean Mouton (7 avril 1966)

Lettres, p. 239-241.

En principe, je pense que notre musique actuelle (du moins ce que j'en connais, car vivant une partie de ma vie loin des grands centres, et ne me faisant pas un devoir de « suivre » au jour le jour la production contemporaine, je suis loin d'être renseignée sur tout) est presque toujours d'inspiration « démoniaque ». Il faut s'entendre sur ce mot : comme naguère Du Bos, j'attache beaucoup d'importance à la différence entre le mot « démonique » et « démoniaque », différence très difficile à établir en français, d'autant plus que les imprimeurs, croyant à une erreur de frappe, corrigent invariablement le premier par le second. Démonique signifierait l'acquiescement ou l'abandon de l'être humain à de puissantes forces élémentaires ou spirituelles indifférenciées mais plus souvent bénéfiques que [mot illisible] qui en tout cas ont l'immense avantage de rompre les routines et de balayer les inerties habituelles. Beethoven, pour ne donner qu'un exemple, et musical, me paraît éminemment démonique, sauf dans les derniers quatuors, où il semble avoir franchi et laissé derrière soi ce caractéristique torrent de forces pour arriver à une autre rive. Quant au démoniaque, avec son élément d'activité retournée et nocive, les exemples abondent. [...] Nous vivons dans une époque où le démoniaque prédomine ou du moins retient toute l'attention. Ceci étant, il est profondément naturel que l'artiste, bon ou mauvais, qui a de tout temps eu pour fonction de refléter, et parfois de condenser, la réalité de son siècle, soit envahi par ce diabolisme ambiant. Mais [...] l'artiste est lui-même en proie à des forces pernicieuses, plus ou moins conscientes, qui tendent à lui faire dire oui au mal qu'il se sent chargé de décrire, ou à le lui faire prendre pour un bien. Ce qui aurait dû être un processus de libération devient un processus d'enfoncement. [...] Du fait même qu'elle existe, cette musique « démoniaque » [ingurgite] et pour ainsi dire légitimise ces pouvoirs du mal qu'elle avait à décrire, habitue l'auditeur à un état de désordre ou de chaos, et lui enlève ce qu'il lui restait de pouvoirs pour résister à ceux-ci. [...]

L'auteur cite deux exemples pris dans les arts plastiques : le *Guernica* de Picasso, et la statue commémorative du bombardement de Rotterdam par Zadkine.

Ces deux œuvres sont une protestation contre l'horreur de la guerre, mais le sauvage et le grotesque chaos dans l'une, la représentation dans l'autre d'un être humain réduit à n'être plus qu'une sorte de pantin difforme et épouvanté, participent dangereusement à l'atrocité qu'ils dénoncent, et habituent l'œil à l'image de la catastrophe sans que se dégage nécessairement ce produit essentiel, la pitié. Consciemment ou non, l'artiste a été contaminé par ce qu'il décrit. *Lettres*, p. 240.

Il résulterait des deux paragraphes ci-dessus que je condamne moi aussi le côté démoniaque de l'art moderne. Et cependant, j'hésite. La démarche de l'artiste allant jusqu'au bout de la décomposition des choses, qu'il s'agisse des techniques, des idées, des sentiments tenus pour valables, ou des formes elles-mêmes, m'est instinctivement pénible, mais je me rends bien compte qu'elle va dans le même sens que certaines recherches de la science pure (elles-mêmes épouvantablement appliquées), en somme d'un certain élan à la fois infiniment dangereux et vraiment prométhéen qu'il est difficile de dénier à l'homme. À supposer qu'il ne représente, comme je suis tentée de le croire, qu'un dernier état de dégradation et non un progrès, il n'en reste peut-être pas moins vrai que cet état de dégradation semble inévitable (qui sait, nécessaire) et qu'il s'agit là d'un processus qui nous dépasse, même si nous décidons de lutter contre lui.

III. LES SOURCES SPIRITUELLES

I. IGNACE DE LOYOLA

Marguerite Yourcenar, qui a toujours été attirée par les mystiques, a longuement fréquenté Ignace de Loyola. Rappelons que ce religieux, né en 1491 au Pays basque espagnol, se convertit après avoir été blessé au siège de Pampelune. Il fit alors retraite à Montserrat puis à Manresa ; après un pèlerinage à Jérusalem, il fonda la Compagnie de Jésus et se consacra au développement de son ordre. Ses *Exercices spirituels*, entrepris dès sa retraite à Manresa, demeurent la base de la spiritualité des jésuites.

Marguerite Yourcenar s'y réfère explicitement dans ses Carnets de notes des *Mémoires d'Hadrien* :

Les règles du jeu : tout apprendre, tout lire, s'informer de tout, et simultanément, adapter à son but les *Exercices* d'Ignace de Loyola ou la méthode de l'ascète hindou qui s'épuise, des années durant, à visualiser un peu plus exactement l'image qu'il crée sous ses paupières fermées.

MH, p. 332.

Ignace de Loyola, en tête de son ouvrage, donne ces conseils à celui qui se propose de suivre ses *Exercices* :

De même en effet que la promenade, la marche et la course sont des exercices physiques, de même on appelle exercice spirituel toute manière de préparer et de disposer l'âme, pour écarter de soi tous les attachements désordonnés.

Exercices spirituels, Desclée de Brouwer, 1963, coll. « Christus », p. 13.

Ignace de Loyola définit donc une sorte de discipline mentale, une méthode de concentration, d'attention, à travers des règles très précises ; c'est une sorte de gymnastique

mentale, une méditation avec des méthodes très réglementées.

Pour faciliter à l'exercitant la pratique de la méditation, Ignace de Loyola recommande particulièrement la « composition de lieu » :

Composition : voir le lieu. [...] La composition consistera à voir par le regard de l'imagination le lieu matériel où se trouve ce que je veux contempler. *Ibid.*, p. 43.

Exemple : méditation sur la Nativité :

Voir le lieu. Ici, par le regard de l'imagination, voir le chemin de Nazareth à Bethléem. Considérer sa longueur, sa largeur ; si ce chemin est en plaine ou à travers vallées et collines. Regarder aussi l'emplacement ou la grotte de la Nativité ; si elle était grande ou petite, basse ou élevée ; comment elle était préparée. *Ibid.*, p. 74.

Ce sont bien les méthodes de « contemplation » pratiquées par Yourcenar quand elle explique comment elle « se laisse investir par un personnage » (*YO*, p. 153).

II. LA PENSÉE ORIENTALE

Yourcenar a souvent parlé de l'influence de la pensée orientale sur son évolution spirituelle (la récente publication de *Sources II* confirme dans la section « La poursuite de la sagesse » l'importance des lectures de l'auteur sur ce thème). Ainsi se termine son entretien *Les yeux ouverts* :

J'ai plusieurs religions, comme j'ai plusieurs patries, si bien qu'en un sens je n'appartiens peut-être à aucune. Je ne songe certes pas à renier l'Homme qui a dit que ceux qui ont faim et soif de la justice seraient rassasiés (dans un autre monde, à coup sûr, car ce n'est pas vrai dans le nôtre), et que les purs verraient Dieu, et qui pour *YO*, p. 333-334.

salaire s'est fait crucifier [...], mais je renonce encore moins à la sagesse taoïste, pareille à une eau limpide, tantôt claire, tantôt sombre, sous laquelle se décèle l'arrière-fond des choses. Je sais gré, pour ce qu'ils m'ont appris de précieux sur moi-même et pour autant que j'en ai entrepris et poursuivi l'étude, au tantrisme, et à ses méthodes quasi physiologiques d'éveil des puissances de l'esprit et du corps, et au zen, cette lame étincelante. Surtout, je reste profondément attachée à la connaissance bouddhique, étudiée à travers ses différentes écoles, qui, comme les différentes sectes chrétiennes, me paraissent moins se contredire que se compléter.

[...] Les « quatre vœux bouddhiques » que je me suis en effet récités souvent au cours de ma vie, j'hésite à les redire en ce moment devant vous, parce qu'un vœu est une prière, et plus secret qu'une prière. [...] Mais en simplifiant, il s'agit : de lutter contre ses mauvais penchants ; de s'adonner jusqu'au bout à l'étude ; de se perfectionner dans la mesure du possible ; et enfin, « si nombreuses que soient les créatures errantes dans l'étendue des trois mondes », c'est-à-dire dans l'univers, « de travailler à les sauver ». De la conscience morale à la connaissance intellectuelle, de l'amélioration de soi à l'amour des autres et à la compassion envers eux, tout est là, il me semble, dans ce texte vieux de quelque vingt-six siècles.

Les conditions dans lesquelles elle vit dans son exil américain facilitent ce travail d'ascèse (Voir la lettre à Helen Howe Allen de février 1968 citée plus haut).

LE THÈME DE L'IMPERMANENCE

Il n'est donc pas étonnant que le thème de l'impermanence du monde soit au centre de son œuvre, dans ces dernières années. Ce mot est essentiel dans l'enseignement du Bouddha. La première des quatre « nobles vérités » qu'il prêche est que tout est *dukha,* mot sanskrit sou-

vent traduit par « souffrance », mais qui peut aussi avoir le sens d'imperfection ou d'impermanence. Parler d'impermanence, c'est dire qu'il n'y a rien qui ne soit soumis à des changements incessants. L'impermanence touche toutes les dimensions de l'existence. Tôt ou tard, les plus grands plaisirs de l'homme se transforment en expérience douloureuse car on s'aperçoit, ou bien qu'ils ne sont pas éternels, ou bien qu'ils ne satisfont pas pleinement. Tout est donc véritablement *dukha*.

L'ILLUSION DE LA PERSONNE

Une des conséquences est qu'en l'homme, il n'existe rien qui corresponde à l'idée d'un soi permanent. Ce que nous nommons le soi n'est qu'une combinaison de forces ou d'énergies physiques entremêlées, en état de changement constant. Tout l'enseignement bouddhique vise à la dissipation de cette illusion de l'existence d'un soi permanent.

Pour illustrer cette idée difficile à comprendre pour une mentalité occidentale, citons un extrait d'un texte qui date du commencement de notre ère et qui a été traduit en français sous le titre *Questions de Milinda*.

Questions de Milinda, trad. L. Finot, Dharma, 1983, cité par Dennis Gira, *Comprendre le bouddhisme*, Centurion, 1992, p. 48-49.

Il s'agit d'un dialogue entre un moine bouddhiste qui s'appelle Nagasena et le roi grec Milinda (Ménandre) qui régnait sur les territoires de l'Indus entre 125 et 95 avant notre ère. Au cours de ce dialogue, le problème de la non-existence de l'âme est abordé par Nagasena. Le roi ne comprend rien car pour lui, il est évident que l'homme devant lequel il se tient existe réellement dans son individualité et avec son âme, et il interroge Nagasena sur ce problème. Nagasena demande alors au roi comment il est venu le voir. Le roi répond : « En chariot ! » Et le dialogue se poursuit :

— Si vous êtes venu, ô roi, dans un chariot, expliquez-moi ce qu'est un chariot. Est-ce que le timon est le chariot ?

— Je n'ai pas dit cela !

— Est-ce que l'essieu est le chariot ?

— Certainement pas !

— Est-ce que les roues ou le joug ou les cordes ou les rayons des roues, etc., sont le chariot ?

Et à toutes les questions, le roi répondait « Non ! ».

— Le chariot est-il donc tous ces éléments ?

— Non ! dit le roi.

— Mais est-ce qu'il y a quelque chose d'autre que ces éléments qui soit le chariot ?

De nouveau, la réponse fut « Non ! ».

— Donc, continua Nagasena, je ne peux pas découvrir le chariot. « Chariot » n'est qu'un bruit vide. Qu'est-ce que le chariot dans lequel vous êtes venu ?

Le roi explique que, quand tous les éléments sont mis ensemble d'une manière déterminée, ce qui en résulte est nommé, par un commun accord, « chariot ». C'est la réponse qu'attendait Nagasena, car elle affirme la position de la non-existence de la réalité indépendante du sol, tout en affirmant l'existence de tous les éléments qui composent le phénomène passager que nous nommons « chariot ». La même analyse peut s'appliquer à l'homme, ce qui souligne la véracité de la position bouddhique de la vacuité du soi. Pierre, Paul ou Jean ne sont que des noms qui, par un accord commun, sont utilisés pour désigner des ensembles donnés d'agrégats toujours changeants, mais qui ne correspondent à aucune réalité permanente.

C'est bien de cette conception de la personne que s'inspire l'incipit de *Souvenirs pieux*, qui sonne étrangement à nos oreilles occidentales : « Cet être que j'appelle moi. » La formule marque la volonté de l'auteur de refuser au moi une existence autre que verbale, et souligne le caractère construit de l'identité personnelle.

De cette notion de la personne vue comme une illusion découle évidemment une conception du récit autobiographique bien différente de ce que pratique la littérature occidentale. Pour illustrer la « sagesse taoïste » qui, dit-elle, l'a fortement influencée, citons cet apologue, qui

illustre l'impermanence des choses humaines, leur incertitude :

Jadis, Tchouang Tcheou rêva qu'il était un papillon voltigeant et satisfait de son sort et ignorant qu'il était Tcheou lui-même. Brusquement, il s'éveilla et s'aperçut avec étonnement qu'il était Tcheou. Il ne sut plus si c'était Tcheou rêvant qu'il était un papillon, ou un papillon rêvant qu'il était Tcheou.

Philosophes taoïstes, Gallimard, Bibliothèque de la Pléiade, 1980, p. 104.

« Dans un monde où tout flotte et change de forme, passion et douleur ont l'évanescence d'un songe », écrit Yourcenar dans l'avant-propos de la traduction des Cinq nô modernes de Mishima.

Gallimard, 1984, p. 6.

C'est encore la perspective bouddhiste qui éclaire le ton impersonnel et froid utilisé par l'auteur pour raconter la mort de sa mère :

Lorsque la mère de Mong-souen Ts'ai mourut, ce dernier se lamenta sans larmes ; il n'avait pas de chagrin, il n'eut pas de tristesse pendant toute la période de deuil.

Tchouang-tseu, in *Philosophes taoïstes*, *op. cit.*, p. 135.

Si la personne n'est qu'un agglomérat d'éléments réunis pour un temps limité avant de se dissoudre à nouveau, pourquoi penser que « la perte prématurée d'une mère est toujours un désastre » (*SP*, p. 64) ? Dans cette perspective, la mort d'une mère n'est pas une tragédie ; d'où l'absence voulue de la moindre émotion dans la description de l'agonie de Fernande. Si tout n'est qu'agrégat temporaire, impermanence et vacuité, la mort n'a pas plus d'importance que la naissance et la vie d'un individu : « Le reste est peut-être moins important qu'on ne croit », telle est la conclusion d'*Archives du Nord*.

Lilian Silburn résume clairement ces théories :

Pour les bouddhistes, toutes les choses, telles qu'elles nous sont données, sont transitoires, dépourvues de Soi, de permanence ; il n'y a de continuités que celles que construit notre pensée et parmi ces continuités

L. Silburn, *Instant et cause : le discontinu dans la pensée philosophique de l'Inde*, Vrin, 1955, p. 154.

factices, la plus nocive est la permanence du moi, celle à laquelle l'homme s'attache le plus âprement.

Tout est discontinu à qui sait voir les choses telles qu'elles sont, et c'est notre activité, influencée par le désir, qui forge continuité et durée. Toute la construction de l'agencement temporel et spatial trouve sa source dernière dans le besoin de mettre un terme à l'angoisse qui sourd de l'impression de l'universelle évanescence.

Ibid., p. 5.

Pour pénétrer l'absence de soi en toute chose connue et se délivrer du voile du connaissable, « l'adepte » doit acquérir la conviction que rien ne naît, mais que tout apparaît ou disparaît comme le son de l'écho, les nuages dans le ciel, la lune dans l'eau, l'éclair, l'écume, le sillage de l'oiseau dans l'espace ou les visions du rêve au réveil. [...]
L'examen de l'évanescence entraîne la constatation que les époques passées et à venir ne sont que des constructions de notre esprit. [...]
Le temps dont nous sommes l'auteur est d'origine affective : la confusion propre à l'émotion pleine d'agitation donne l'impression de la continuité du moi et des choses en obnubilant la juste vision de la réalité. [...]
Cette construction de la durée exprime notre intense aspiration à la sécurité et à la stabilité, cherche à porter remède à l'impression angoissante d'impermanence et de fragilité à laquelle rien n'échappe.

L. Silburn, *Le bouddhisme*, Fayard, coll. « Le trésor spirituel de l'humanité », 1977, p. 88.

Ibid., p. 211.

Ibid., p. 401.

LE THÈME DE LA RÉINCARNATION

Une des idées-forces du bouddhisme est la croyance en la réincarnation. Yourcenar avait lu les ouvrages d'Alexandra David-Neel, comme elle le confie dans son article « Approches du tantrisme » (*Le temps, ce grand sculpteur, EM*, p. 398) et certains passages semblent l'avoir particulièrement marquée :

Ce dont nous pouvons être presque certains, c'est que les diverses actions et réactions, qui ont constitué l'acti-

A. David-Neel, *Immortalité et réincarnation* (1961), Éditions du Rocher, 1978, p. I83-187.

vité des êtres tout au long des millions d'années qu'a duré leur évolution, ont laissé sous une forme ou sous une autre, des traces dans la substance qui constitue chacun des êtres existant présentement. Des forces agissantes transmises par nos ancêtres habitent en nous, s'y sont réincarnées. Sans doute ne pouvons-nous pas remonter indéfiniment la longue file de ces réincarnations, bien que nous puissions trouver dans les données scientifiques un étai solide à notre conviction. Cependant par la méditation, par l'introspection assidue et lucide, nous pouvons arriver à discerner, active en nous, sous la forme d'impulsions, de pensées, de façons de voir, la présence des personnalités multiples qui constituent notre Moi présent et assurent, par son intermédiaire, comme nous l'assurerons à notre tour, en vivant en nos successeurs, une pérennité incommensurable... peut-être éternelle.

Ainsi formulée, la théorie de la réincarnation explique la démarche de Yourcenar, à la recherche de ses ancêtres et constatant : « Tout vient de plus loin et va plus loin que nous » (*YO*, p. 329).

LE THÉÂTRE NÔ

Marguerite Yourcenar est souvent revenue sur l'attrait qu'a exercé sur elle le théâtre nô :

En ce qui me concerne, il m'arrive de penser que ma sensibilité eût été différente, si le hasard ne m'avait fait connaître *Atsumori* ou *Sumidagawa* en même temps qu'*Antigone*.

Le tour de la prison, EM, p. 648.

Elle dit à Matthieu Galey qu'elle s'est familiarisée avec cette littérature dès sa vingtième année, mais c'est surtout à la fin de sa vie, après son voyage au Japon, qu'elle a acquis un connaissance plus approfondie du théâtre nô. Elle lui a consacré quelques pages dans son essai *Le tour de la prison* (voir *YO*, p. 115 et EM, p. 648.)

Cette forme du théâtre japonais a pris naissance au XIVe siècle, à partir du talent personnel de deux hommes, Kan-Ami et son fils Zeami. À la mort de son père, en 1400, Zeami, alors âgé de quarante ans, décide de noter par écrit les enseignements de celui-ci, qui avait été le créateur du genre du nô et avait écrit quelques pièces. Quoique se présentant comme le fidèle sténographe de Kan-Ami, et dépositaire de son secret, c'est en fait lui l'auteur, qui écrit à partir de sa propre expérience. Ses traités, restés confidentiels et secrets pendant cinq siècles, furent redécouverts en 1909. Ils ont été publiés en français par Gallimard en 1960 dans la collection « Connaissance de l'Orient » sous le titre *La tradition secrète du nô*, et traduits par René Sieffert qui en a fait une introduction très éclairante.

Marguerite Yourcenar possédait un exemplaire de cet ouvrage, qu'elle avait placé au chevet même de son lit. On doit à Zeami la plupart des textes qui existent : le genre s'éteignit à la fin du XVe siècle. Mishima a essayé de le faire revivre en le modernisant[1].

Rappelons qu'il s'agit d'un véritable rituel de « purification » par la médiation d'un récit. Le discours d'un des personnages, le *shite*, se déroule devant le *waki*, auditeur attentif, sur fond d'accompagnement musical, dans un décor théâtral symbolique. Les faits relatés, qui sont en réalité ceux de la vie du *shite*, sont ainsi mis en perspective et dépouillés des passions qui les habitaient, puis rapprochés des illusions qu'ils ont suscitées. Le personnage est alors amené à relativiser leur singularité, à s'interroger sur leur réalité. Progressivement, le drame raconté s'estompe dans la confusion du réel et de l'illusoire, pour inviter le récitant à se perdre dans la paix et la sérénité du grand Tout.

C'est cet aspect « cathartique » qui séduit Marguerite Yourcenar. Dans son avant-propos des *Cinq nô modernes* de Mishima, elle insiste sur le fait que le bouddhisme

> [...] imprègne et pour ainsi dire lubrifie la pensée du nô, l'humecte de sa compassion en présence des agita- Gallimard, 1984, p. 6-7.

1. Yukio Mishima, *Cinq nô modernes*, Gallimard, 1984.

tions infinies des êtres, de son sens du peu que nous sommes au sein de cette vaste nébuleuse qu'est le Tout. [...] Dans un monde où tout flotte et change de forme, passion et douleur ont l'évanescence d'un songe.

Dans son analyse de l'œuvre de Mishima, elle revient sur cette idée.

La beauté du nô tient pour une part au mélange sous nos yeux de vivants et de fantômes, presque pareils les uns aux autres dans un monde où l'impermanence est la loi.

Mishima ou la vision du vide, EM, p. 218.

C'est cette conception de la réalité qui tourne au songe que l'on retrouve dans certaines scènes du *Labyrinthe du monde* — vécues ? rêvées ?, en tout cas très éloignées de ce qu'on attend d'un récit de vie traditionnel. Même si la critique contemporaine reconnaît le caractère construit, et par conséquent subjectif, de toute autobiographie, le point de départ de Yourcenar, qui est d'ordre mystique, est tout à fait étranger aux théories actuelles qui s'appuient sur des présupposés d'ordre intellectuel.

III. LA PENSÉE HINDOUE : SUR QUELQUES THÈMES ÉROTIQUES ET MYSTIQUES DE LA *GITA-GOVINDA*

Marguerite Yourcenar a été aussi impressionnée par les grands mythes érotiques de l'Inde.

De tous ces mythes, le plus beau, sans doute, le plus chargé de significations dévotionnelles et mystiques, celui où s'épanchent le mieux, non seulement les émotions mystiques des sens, mais aussi celles du cœur, c'est la descente de Krishna dans la forêt parmi les bergères. Le pasteur céleste s'égare dans les bois, charmant des sons de sa flûte les bêtes, les démons,

Le temps, ce grand sculpteur, EM, p. 346-351.

les femmes. Les gopis, les tendres vachères, se pressent autour de lui dans les halliers où paît leur bétail. Le Dieu qui est partout satisfait à la fois ses mille amantes ; chacune, si on ose ici détourner de son sens un vers célèbre, l'a pour soi seule et toutes l'ont en entier. Cette fête phallique est un symbole des noces de l'âme avec Dieu. [...] L'union de Krishna et des vachères s'accomplit en pleine paix, au sein d'une édénique innocence. La forêt mystique de Vrindana appartient au domaine de l'éternelle pastorale [...]. Rien de plus dépaysant que de remonter [...] au naturalisme sacré de l'érotique hindoue, à la notion du divin ressenti par l'intermédiaire du physiologique, qui imprègne les jeux amoureux du Krishna Lali. [...]

Dans les bas-reliefs consacrés aux amours de Krisna et des laitières :

Chairs rondes lisses, quasi élastiques, denses de la molle densité du miel coulant sur du miel. Tranchés, il semble que ces troncs offriraient à l'œil un intérieur homogène et charnu comme la pulpe d'un fruit. Coupés, ces bras et ces jambes repousseraient comme des tiges et des racines. En eux circule non du sang, mais de la sève, ou encore ce sperme que le corps d'un Bodhisattva contenait au lieu de sang. On hésite : cette main qui touche un sexe est-elle une main ou un autre sexe ? Est-ce un genou ou un coude qui se referme sur cette cuisse nue ? Ces bouches sont des ventouses, ces nez qui se frôlent s'étirent comme des ébauches de trompes. Ces gopis ploient sous le poids de leurs seins énormes et galbés comme un arbrisseau plié par ses fruits. Telle fille impétueuse, jambes repliées, talons joints, saute sur son amant-dieu comme une guenon sur un tronc d'arbre. Cet art d'aimer mélange les caractéristiques des sexes presque autant que celles des règnes. [...]

On apprécie mal l'unique beauté du mythe hindou tant qu'on n'y a pas reconnu, à côté de la sensualité la plus chaude, et peut-être précisément parce que cette sensualité s'épanche à peu près sans contrainte, la fraîche amitié pour les êtres appartenant à d'autres espèces et à d'autres règnes. Cette tendresse, issue sans doute de la vieille pensée animiste, mais l'ayant depuis longtemps dépassée pour devenir une forme très consciente de l'unité des êtres, reste l'un des plus beaux dons de l'Inde au genre humain : l'Europe chrétienne ne l'a guère connue, trop brièvement, qu'au cours de la seule églogue franciscaine.

Ce que l'Inde ajoute à cette immense pastorale cosmique, c'est le sens profond de l'un dans le multiple, la pulsation d'une joie qui traverse la plante, la bête, la déité, l'homme. Le sang et les sèves obéissent aux sons du flûtiste sacré ; les poses de l'amour sont pour lui des figures de danse.

IV. LES SOURCES PHILOSOPHIQUES : NIETZSCHE

Nietzsche oppose deux courants de la pensée grecque, l'un relevant d'Apollon, dominé par l'idée d'harmonie, d'équilibre, de mesure, et l'autre qu'il qualifie de dionysiaque, circulant dans le monde grec à partir de cultes orgiaques. Cette idée apparaît dans *La naissance de la tragédie.* Alors que l'impulsion apollinienne tend à produire des formes stables qui rassurent, l'impulsion dionysiaque est une poussée à s'immerger dans ce chaos, en se dérobant au *principium individuationis* :

Ces émotions dionysiaques, à mesure qu'elles gagnent en intensité, abolissent la subjectivité jusqu'au plus total oubli de soi.

Naissance de la tragédie (1872), trad. fr., Gallimard, 1977, coll. « Folio Essais », 1986, p. 30.

Sous le charme de Dionysos, non seulement le lien d'homme à homme vient à se renouer, mais la nature aliénée — hostile ou asservie — célèbre de nouveau sa réconciliation avec son fils perdu, l'homme. Spontanément la terre dispense ses dons, et les bêtes fauves des rochers et des déserts s'approchent pacifiquement. [...] Maintenant l'esclave est un homme libre, maintenant se brisent toutes les barrières hostiles et rigides que la nécessité, l'arbitraire ou la « mode insolente » ont mises entre les hommes. [...] L'homme se sent dieu, il circule lui-même extasié, soulevé, ainsi qu'il a vu dans ses rêves marcher les dieux.

Ibid., p. 31.

Marguerite Yourcenar gardera de Nietzsche la nostalgie du retour à l'Un, de ce monde d'avant les dieux où l'homme lui-même est un dieu. Ces lignes de *La naissance de la tragédie* décrivent une atmosphère idyllique que l'on retrouve dans les pages relatant les journées dans les bois de Jeanne et Egon au moment de leurs fian-

çailles. Cet état où l'homme retourne à un stade antérieur à la vie policée, où il coïncide dans l'extase avec le vouloir-vivre universel, procure à celui qui le vit un certain effroi — ainsi la peur de Jeanne, « peur quasi sacrée, venue du fond des temps où hommes et bêtes étaient dieux » (*QE*, p. 100). Mais Nietzsche y voit

l'extase délicieuse que la rupture du *principium individuationis* fait monter du fond le plus intime de l'homme. *Ibid.*, p. 30.

Il parle quelques lignes plus loin, d'

une ivresse qui, elle non plus, ne tient pas compte de l'individu, mais qui cherche au contraire à anéantir toute individualité pour la délivrer en un sentiment mystique d'unité. *Ibid.*, p. 30.

Les thèmes nietzschéens centrés autour du « dessaisissement mystique de soi » sont ceux qui inspirent la fête dionysiaque à Saint-Pétersbourg (*QE*, p. 157-158).

V. LE CONTEXTE CULTUREL

I. LES BALLETS RUSSES

Les Ballets russes eurent en Europe au début du siècle un impact énorme. La première saison eut lieu à Paris en 1909, et leur animateur, Serge de Diaghilev (1872-1929) en fit le lieu de rencontre international de tous les courants modernes de l'art, représentés par les meilleurs chorégraphes, peintres et musiciens. Dans un esprit d'avant-garde des plus dynamiques, Diaghilev a initié des formes d'art propres au XXe siècle. Il s'est heurté à l'opposition de la tradition académique et romantique de Saint-Pétersbourg, incarnée par Marius Petipa qui « dédaigne du haut de son demi-siècle de dictature artistique » (*QE*, p. 155) le monde de la danse nouvelle.

À ce courant révolutionnaire qui se manifeste dans l'art russe à partir des toutes premières années du XXe siècle, adhère le chorégraphe Michel Fokine (cité par Yourcenar, *QE*, p. 156, comme passionné par l'esthétique du ballet d'Egon de Reval).

Diaghilev, ne pouvant donner sa mesure au Théâtre impérial, où les directeurs demeurent sous l'emprise des traditions, décide une tournée en Europe occidentale. La première a lieu au Châtelet en mai 1909, et fait sensation à Paris. Dans ses créations triomphent Nijinski et Anna Pavlova (citée par Yourcenar, *QE*, p. 156). Dès la saison suivante, Diaghilev renouvelle son spectacle comme il le fera chaque année pendant vingt ans. En 1912, Debussy compose la partition de *L'après-midi d'un faune* d'après le poème de Mallarmé ; cette première chorégraphie de Nijinski cause un scandale mémorable : l'audace de la dernière scène où le faune, à défaut de tenir la nymphe, s'enfonce dans son écharpe, orgasme sur lequel tombait le rideau, provoque de vives réactions du public. *Le sacre du printemps*, sur une musique violente de Stravinski et une chorégraphie puissante de Nijinski, provoque lui aussi des bagarres dans la salle le jour de la première, le 29 mai 1913.

Yourcenar a tenu à faire participer son héros Egon à cette entreprise artistique révolutionnaire, qui a constitué un creuset où se sont forgées les valeurs esthétiques des générations suivantes.

II. SCHÖNBERG ET LA MUSIQUE ATONALE

Marguerite Yourcenar, en prêtant à son héros une écriture musicale « atonale » (*QE*, p. 162) et des formes « déconcertantes » (*QE*, p. l88), pense à la révolution accomplie à Vienne par le compositeur Schönberg. Celui-ci avait déjà inspiré Thomas Mann dans son *Docteur Faustus.* Dans son étude sur Thomas Mann, Yourcenar rappelle que « l'expérience poursuivie par Schönberg devient le symbole du bris et du renouvellement des formes » (*EM*, p. 185). L'historien de la musique Heinrich Strobel résume ainsi cette période :

Au début du xxe siècle se manifestent à Vienne des bouleversements en musique concernant la technique de la composition. Une nouvelle organisation de la matière musicale a conduit à la dissolution des conceptions classiques, à la liquidation de la musique fondée sur les résolutions cadentielles de la tonalité, avec l'ordonnance régulière des périodes mélodiques et rythmiques. Ce processus de dissolution de l'ancien système harmonique aboutit à l'atonalité.

H. Strobel, « La musique moderne en Allemagne, Autriche et Suisse alémanique », *Histoire de la musique*, t. 2, sous la dir. de Roland Manuel, Gallimard, Encyclopédie de la Pléiade, 1963, p. l292 *sq.*

Cette crise de l'ancien système harmonique éclate ouvertement dans les premières œuvres d'Arnold Schönberg (1874-1951), qui exploite des domaines d'expression où personne n'a encore osé pénétrer. Il veut dire l'indicible, et pour cela il a besoin d'une langue que personne n'a encore parlée ; cette musique est donc totalement différente de la musique du post-romantisme dont le fondement était la musique à programme. [...] Ce qui autrefois se développait vers l'extérieur, en un pathos d'une riche sensualité, se concentre maintenant vers l'intérieur, en intervalles étrangement distendus. Ce qui autrefois s'étendait voluptueusement en luxuriantes harmonies est condensé à présent en quelques accords, que les règles traditionnelles ne sauraient expliquer. On aboutissait à la dissolution de toutes les lois musicales valables jusqu'alors. La technique traditionnelle de la composition avec ses thèmes bien profilés et plus ou moins savamment utilisés et traités est, elle aussi, complètement abolie.

La critique viennoise raille ces œuvres ; le musicien est sifflé, accablé de sarcasmes par des « spécialistes » hautement placés. Schönberg, pourtant, continue dans cette voie et, en 1922, il dit à l'un de ses élèves : « J'ai fait une découverte qui assurera la prépondérance de la musique allemande pendant cent ans. » Cette découverte, c'est la méthode permettant de composer avec douze sons (d'où le nom de système dodécaphonique). Cette musique sérielle, qui représente une ordonnance absolument nouvelle de la matière sonore, est déconcertante par l'absence de relations harmoniques et d'un fondement d'où tout part et vers quoi tout tend.

VI. QUELQUES REPÈRES HISTORIQUES SUR LA SITUATION DES PAYS BALTES EN 1919

En août 1914, les forces allemandes de Hindeburg avaient remporté à Tannenberg une victoire décisive sur l'armée russe de Samnosov (*QE*, p. 309). Les Allemands envahissent les pays Baltes, jusqu'ici sous la domination russe, et le traité de Brest-Litovsk, en mars 1918, consacre cet abandon par la Russie de ces territoires. Mais après la révolution russe, le gouvernement soviétique annule ce traité, le 13 novembre 1918.

L'armistice entre Alliés et Allemands avait prévu le retrait des Allemands des territoires qu'ils occupaient, mais, le 17 décembre 1918, est créé un gouvernement letton soviétique, qui a le soutien de l'Armée rouge. Le 3 janvier 1919, les troupes de ce gouvernement prennent Riga (Elie Grekoff, devenu officier de l'Armée rouge, fait allusion à ces événements p. 328 : « J'ai vu perdre, reprendre et reperdre Riga »).

Devant le danger bolchevique, le gouvernement allemand s'entend avec les jeunes républiques baltes pour se défendre contre l'ennemi commun. Par crainte que le pays tout entier soit submergé par les bolcheviks, les Alliés donnent leur accord.

L'Allemagne envoie donc des corps francs dans les États baltes alors occupés par l'Armée rouge. Les « barons » baltes, grands propriétaires dont les terres ont été confisquées par les Rouges, s'appuient sur les Allemands dans l'espoir de retrouver leurs privilèges traditionnels ; d'où l'ironie d'Elie s'adressant à Egon : « Et vos bons amis, vos sauveurs à tous, les brigades de von Wirtz qui se sont fait la main dans les tranchées de l'Ouest » (*QE*, p. 329). Des Russes blancs sont venus se joindre aux corps francs, et on trouve, auprès des armées blanches, de nombreux officiers alliés, britanniques et français (ce qui explique la présence, dans les dernières pages du texte, d'un Français, le marquis de Leiris, en uniforme de colonel, à qui est remis le prisonnier Egon de Reval, p. 335).

Mais très vite, le sens de l'action allemande se dévoile : ces pays sont des pays germaniques et doivent rester des colonies allemandes. Dans ce but, le général allemand van der Goltz fomente un coup d'État, prend Riga en mai 1919 pour se lancer vers Petrograd.

Les Alliés interviennent ; l'armée lettone reconquiert les terres lettones. Le 22 mai, Riga est réoccupée, le gouvernement letton soviétique disparaît. Le 30 novembre 1919, toutes les forces autant allemandes que russes auront quitté le territoire letton. Après plus de deux années confuses, marquées par des batailles sanglantes et des atrocités, Lénine reconnaît en août 1920 l'indépendance des pays Baltes, consacrée par le traité de Riga le 12 mars 1921.

VII. QUELQUES CONCEPTS PSYCHANALYTIQUES ÉCLAIRANT LA LECTURE DE L'ŒUVRE

Au cours de notre lecture de *Quoi ? L'Éternité,* nous avons parfois fait appel à quelques concepts psychanalytiques pour éclairer notre analyse. C'est pourquoi nous pensons utile de donner la définition de ceux auxquels il a été fait allusion dans l'Essai.

I. FREUD

LA DÉNÉGATION

La dénégation est un procédé par lequel le sujet, tout en formulant un de ses désirs, pensées, sentiments jusqu'ici refoulé, continue à s'en défendre en niant qu'il lui appartienne.

J. Laplanche et J.-B. Pontalis, *Vocabulaire de la psychanalyse,* PUF, 1967, p. 112.

L'affirmation constante de Yourcenar, « je n'ai pas souffert de la mort de ma mère », en est un exemple très clair. Quand le traumatisme est trop fort, un des moyens de défense du moi est de le nier. Comme nous l'avons vu, l'attitude de dénégation s'étend aussi à l'analyse des relations de Yourcenar avec son père. L'idéalisation dont bénéficie Michel de Crayencour dans les deux premiers volumes des Mémoires est une façon de dénier la solitude dont souffre l'enfant. Cette surestimation de la figure du père fait partie de l'effort pour conjurer la souffrance de la blessure narcissique : l'« entente » présentée comme exceptionnelle est d'autant plus affirmée par l'artifice de l'écriture qu'elle camoufle l'absence réelle.

TRAVAIL DU DEUIL

L'expression est introduite par Freud dans *Deuil et mélancolie* (1915). Elle désigne

[...] le processus intrapsychique consécutif à la perte d'un objet d'attachement, et par lequel le sujet réussit progressivement à se détacher de celui-ci.

Ibid., p. 504.

C'est donc l'aboutissement de tout un travail intérieur qui ne va pas de soi, et qui peut d'ailleurs échouer. L'agressivité marquée par Yourcenar vis-à-vis de sa mère est un des signes prouvant que ce travail n'a pas été accompli. Il ne sera rendu possible que par la mort de Grace Frick. Celle-ci a joué auprès d'elle le rôle de mère ; sa mort, qui répète la perte d'un autrefois lointain semblant définitivement enfoui, actualise le passé et rend possible l'élaboration du deuil. La mort de Fernande est un événement enfoui dans l'inconscient ; celle de Grace est un événement bien réel mais les deux faits sont liés, le présent faisant inconsciemment revivre le passé. La perte initiale de la mère, au lieu d'être rejetée, peut désormais être réintroduite, ce qui rend le deuil possible. Délivrée du fonctionnement défensif que représentait la dénégation, Yourcenar va pouvoir reparler de la mère, par la voie du rêve et de l'identification imaginaire. D'où la création, avec Jeanne, d'un univers de maternité féerique et bienheureuse.

ROMAN FAMILIAL

Expression créée par Freud[1] pour désigner des fantasmes par lesquels le sujet modifie imaginairement ses liens avec ses parents (imaginant, par exemple, qu'il est un enfant trouvé). De tels fantasmes trouvent leur fondement dans le complexe d'Œdipe.

Vocabulaire de la psychanalyse, op. cit., p. 427.

1. «Le roman familial des névrosés», paru dans le livre d'Otto Rank, *Le mythe de la naissance du héros*, Leipzig et Vienne, 1909, a été repris in *Névrose, psychose et perversion*, PUF, 1973, trad. J. Laplanche.

Dans d'autres variantes de ce fantasme, le sujet peut imputer à sa mère des liaisons amoureuses cachées ou se considérer comme le seul enfant légitime de sa mère. Ces élaborations surviennent lorsque l'enfant est confronté au détachement nécessaire qu'il doit accomplir à l'endroit de ses parents.

C'est de cette façon que Marguerite Yourcenar rejette sa mère réelle, Fernande, pour s'inventer une mère conforme à ses désirs (*QE*, p. 300). La fiction du roman familial avec Jeanne lui permet de se consoler de l'ensemble de ses insatisfactions, en substituant une mère meilleure, plus intelligente, plus distinguée. L'activité fantasmatique aide l'enfant à supporter les conditions concrètes d'existence auxquelles il est bien obligé de s'adapter. C'est un mécanisme de défense qui permet de se revaloriser. Ceci aide à comprendre, chez Yourcenar, le besoin de dénigrer la mère réelle, d'introduire un père prestigieux qui permet à l'enfant de s'élever et une mère idéale à laquelle elle puisse s'identifier, en s'appropriant toutes ses qualités.

SOUVENIRS D'ENFANCE

Selon Freud, les souvenirs d'enfance sont toujours reconstruits à partir d'une projection dans le passé d'états bien postérieurs :

> Au cours de la vie ultérieure, des forces puissantes ont influencé et façonné la faculté d'évoquer les souvenirs d'enfance. [...] Ce qu'on trouve dans les soi-disant souvenirs d'enfance, ce ne sont pas les vestiges d'événements réels, mais une élaboration ultérieure de ces vestiges, laquelle a dû s'effectuer sous l'influence de différentes forces psychiques intervenues par la suite.

Psychopathologie de la vie quotidienne (1904), trad. par S. Jankélévitch, Payot, 1922, Petite Bibliothèque Payot, 1967, p. 55.

PROCESSUS PRIMAIRES, PROCESSUS SECONDAIRES

Nous avons essayé d'expliquer, dans l'Essai, la différence entre la composition, le style, et même les thèmes

du troisième volume du *Labyrinthe* avec les deux précédents, en faisant appel aux théories de Freud sur *L'interprétation des rêves.* Celui-ci distingue en effet deux modes de fonctionnement de l'appareil psychique, qu'il qualifie de processus primaires et de processus secondaires[1].

L'analyse des rêves a conduit Freud à reconnaître un type de fonctionnement mental présentant ses mécanismes propres, régi par certaines lois, très différent des processus de pensée qui s'offrent à l'observation psychologique traditionnelle. Ces mécanismes sont d'une part le déplacement, d'autre part la condensation. En opposition à ce mode de fonctionnement mental peuvent être décrites comme processus secondaires des fonctions classiques décrites en psychologie comme l'attention, le jugement, le raisonnement, l'action contrôlée. Le système préconscient-conscient est le lieu de ces processus secondaires, qui sont le véritable support de la pensée logique et de l'action contrôlée. À l'opposé, les processus primaires correspondent à une pensée libre, imaginative, comme c'est le cas dans le rêve.

Vocabulaire de la psychanalyse, op. cit., p. 341.

TRACES MNÉSIQUES

Terme utilisé par Freud tout au long de son œuvre pour désigner la façon dont les événements s'inscrivent dans la mémoire. Les traces mnésiques sont déposées, selon Freud, dans différents systèmes ; elles subsistent de façon permanente mais ne sont réactivées qu'une fois investies.

Ibid., p. 489.

La théorie psychanalytique de la névrose suppose une attention particulière à la façon dont les événements vécus par le sujet, événements éventuellement trauma-

1. Outre le *Vocabulaire de la psychanalyse* de Laplanche et Pontalis, *op. cit.*, voir le *Dictionnaire de la psychanalyse*, sous la direction de Roland Chemama, Larousse, 1993, p. 214.

tiques, peuvent subsister en lui. De là la nécessité de concevoir ce qu'il en est des traces mnésiques.

Nous avons vu que c'était le cas pour la mort de Fernande, événement enfoui dans l'inconscient, et qui bénéficie de ce que Freud appelle l'« amnésie infantile », amnésie qui dérobe à la conscience de l'adulte le souvenir des expériences génératrices de névroses.

Dans son article « Psychanalyse et sciences des religions », Charles Malamoud constate des analogies entre cette théorie de Freud sur les traces mnésiques, et la théorie indienne des *samskara*, que Yourcenar connaissait bien. Ce terme sanskrit désigne les traces laissées dans le psychisme par les actes qu'a effectués le sujet au cours de ses vies antérieures. Une des notions essentielles à l'enseignement du Bouddha est en effet que tous les êtres vivants sont engagés dans un cycle incessant de naissances et de morts. Dans cet enchaînement sans commencement ni fin, l'être vivant, selon la qualité des actes posés pendant une vie, renaît dans une situation plus ou moins heureuse au cours de ses vies ultérieures. Le sujet, en naissant, perd le souvenir de ses vies passées (Yourcenar y fait allusion au début de *Souvenirs pieux*, p. 33). Le *mot samskara* peut aussi renvoyer aux dispositions mentales acquises au cours de cette vie-ci.

Ils ne cessent de produire leurs effets et structurent le sujet, mais leur origine, le plus souvent, est enfouie dans un oubli dont ils ne peuvent sortir qu'à l'occasion d'un événement brusque, ou bien à la suite d'un effort violent,

Ch. Malamoud, in L'apport *freudien. Éléments pour une encyclopédie de la psychanalyse*, Bordas, 1993, p. 591.

écrit Ch. Malamoud qui rapproche cette notion de ce que Freud appelle des « précipités psychiques ».

Leur formation et leur mode d'action montrent que la conscience n'est qu'une zone très limitée du psychisme. Des déterminations dont le sujet n'est pas conscient, et qui pourtant ont leur siège dans son organisation psychique, ont une influence décisive sur sa façon de vivre.

Ibid.

C'est ainsi que la mort de Grace, renvoyant inconsciemment à la mort de la mère, permet un travail du deuil, jusqu'ici rendu impossible du fait de la dénégation, et qui va permettre à Marguerite Yourcenar une redistribution de son économie psychique ; celle-ci aura des conséquences sur l'écriture de *Quoi ? L'Éternité*.

SADOMASOCHISME

Sadisme : la psychanalyse en a fait une des composantes fondamentales de la vie pulsionnelle. Il s'agit de la satisfaction liée à la souffrance ou à l'humiliation infligée à autrui.
Masochisme : le terme désigne la recherche de la douleur physique ou, plus généralement, de la souffrance et de la déchéance, qui peut être consciente, mais aussi inconsciente, notamment dans le cas du masochisme moral ; il entraîne une attitude de soumission à l'être aimé, avec recherche de la souffrance et de l'humiliation. Le sujet, en raison d'un sentiment de culpabilité inconscient, recherche la position de victime sans qu'un plaisir sexuel soit là directement impliqué. C'est en fait le renversement du sadisme, avec retournement sur la personne propre.

L'expression sadomasochisme souligne ce qu'il peut y avoir de symétrique et de complémentaire dans ces deux pulsions ; d'où l'interrelation de ces deux positions aussi bien dans le conflit intersubjectif (domination-soumission) que dans la structuration de la personne (autopunition)[1].
De nombreux comportements sadomasochistes se retrouvent dans l'œuvre de Marguerite Yourcenar. L'héroïne du *Coup de grâce*, Sophie, en est un exemple éclairant[2].

1 Pour plus de détails, voir les articles «Sadisme» et «Masochisme» dans le *Vocabulaire de la psychanalyse* de Laplanche et Pontalis, *op. cit.*, et dans le *Dictionnaire de psychanalyse* de R. Chemama, *op. cit.*

2. Voir notamment l'analyse de P. Doré, *op. cit.*, p. 123 *sq.*

II. WINNICOTT

Nous avons, dans l'Essai, fait appel aux théories de Winnicott pour expliquer les conséquences des carences affectives subies par la petite Marguerite. Aussi nous a-t-il paru utile de rappeler les théories essentielles de ce psychanalyste (1896-1971).

Né en Angleterre, Winnicott entreprend des études de médecine, se spécialise en pédiatrie et acquiert une formation psychanalytique. Un des thèmes essentiels de son œuvre est l'interaction entre l'individu et l'environnement, principalement la mère. Il part du constat qu'un bébé ne peut pas exister tout seul ; il fait essentiellement partie d'une relation. La condition *sine qua non* de sa croissance tant physique qu'affective est la dépendance face à un « environnement facilitant » ou à « des soins maternels qui forment un tout avec l'enfant ». L'étude de la fonction maternelle est dès lors inséparable de l'étude des processus psychiques de la petite enfance :

La mère (qui n'est pas forcément la propre mère de l'enfant) suffisamment bonne est celle qui s'adapte activement aux besoins de l'enfant.

Cette adaptation active exige que l'on s'occupe de l'enfant sans contrainte et sans éprouver de ressentiment. En fait, pour que les soins soient bénéfiques, c'est le dévouement qui importe, non le savoir-faire ou les connaissances intellectuelles.

D. Winnicott, *Jeu et réalité* (1971), Gallimard, coll. « Connaissance de l'inconscient », 1975, p. 19.

Une carence précoce de l'environnement produit un mécanisme défensif que Winnicott appelle le « *faux-self* ». Il s'agit pour l'enfant de se défendre contre le souvenir d'une angoisse archaïque impensable du fait de son intensité. Le vrai soi a été traumatisé au stade de la dépendance absolue, et ne doit jamais être retrouvé ni blessé à nouveau ; d'où le besoin de s'organiser un « *faux-self* » pour affronter le monde, cette façade constituant une protection :

Le bébé se met à développer un faux-soi : la vie se passe dans l'esprit clivé, alors que le vrai soi est

D. Winnicott, « Distorsion du moi en fonction du vrai et du faux-self » (1960), in *Processus de maturation chez l'enfant*, Payot, 1970, p. 120-121.

psychosomatique, caché, peut-être même perdu. Le portrait du faux-soi intellectuel a ceci de particulier qu'il peut très facilement abuser autrui. Il arrive ainsi que le monde observe une réussite académique d'un très haut niveau et puisse difficilement croire à la détresse réelle de l'individu concerné qui se sent d'autant plus « factice » qu'il (ou elle) réussit.

On trouve bien des composantes de ce comportement dans la personnalité de Marguerite Yourcenar. Il suffit de comparer le ton des interviews parfaitement sereins de celle-ci au moment où elle rédige *Souvenirs pieux*, et le contenu des Carnets écrits par elle à la même époque, pour observer ce clivage. Par ailleurs la métaphore du bal masqué revient souvent sous sa plume (*AN*, p. 203, *QE*, p. 245), ainsi que la thématique baroque du « théâtre du monde[1] », et la sérénité affichée laisse pourtant passer dans le texte les angoisses catastrophiques, les craintes d'anéantissement de l'univers, le sentiment de futilité (« agitation à vide », « chaos inutile »), les sensations de « gouffre », d'« abîme », autant de signes révélateurs d'une angoisse profonde.

L'attitude de faux-self explique aussi que l'enfant réussisse à s'adapter sur la base de la soumission. Yourcenar s'étonne elle-même devant la photographie d'« une petite fille troublante à force d'être bien sage » (*QE*, p. 203 ; cette photographie est reproduite dans *Les yeux ouverts*, p 32), et souligne encore sa docilité quand elle suit son père dans les salons en se pliant à la comédie qu'on attend d'elle. Elle illustre bien l'observation de Winnicott : le faux-soi a la fonction positive très importante de dissimuler le vrai soi, ce qu'il fait en se soumettant aux exigences de l'environnement.

La sécurité de l'enfant dépend de l'environnement qui le soutient ; Winnicott insiste sur l'importance du *holding ;* ce terme désigne toute la routine des soins quotidiens adaptés à l'enfant et qui a fondamentalement un rôle de protection

1. A.-Y. Julien, *«L'Œuvre au noir» de Marguerite Yourcenar*, Gallimard, coll. «Foliothèque», n° 26, 1993, p. 48-49.

contre les expériences qui pourraient être angoissantes. Yourcenar illustre ce point à propos du rôle joué par Barbe ; il ne s'agit pas seulement des soins physiques et utilitaires (toilette, habillage), mais aussi de tous les contacts affectifs et gratuits, caresses, échanges cutanés, etc. (*QE*, p. 216). On comprend le traumatisme irréparable qu'a causé le départ brusque de Barbe, et l'impression d'insécurité qui en résulte pour l'enfant (voir notamment la scène relatée p. 228).

Winnicott s'appuie certes sur des expériences relatives à la petite enfance, mais il souligne que

> [...] la plupart des processus qui prennent naissance au premier âge ne sont jamais complètement établis, et la croissance qui se poursuit tout au long de l'enfance, au cours de la vie adulte et même de la vieillesse, continue à les fortifier.
>
> [...] Dans ce contexte. le besoin de soutien *(holding)* continue à se manifester chez l'adulte chaque fois qu'il y a une pression risquant d'entraîner la désintégration du moi.

D. Winnicott, *Processus de maturation chez l'enfant*, op. cit., p. 32.

Ibid., p. 33.

Ceci explique en partie le rôle joué par Grace Frick auprès de Marguerite Yourcenar, et la soumission de cette dernière à ce maternage qui la sécurise.

L'examen du résultat de la carence de l'environnement amène Winnicott à parler du concept de « déprivation ». Celui-ci se réfère à l'expérience et à la perte de l'environnement suffisamment bon : « Les choses se sont passées suffisamment bien, et ensuite elles ne se sont pas *passées suffisamment bien*[1]. La tendance antisociale est liée à la déprivation ; elle se caractérise par des comportements incluant l'énurésie, le vol, le mensonge, le comportement agressif, les actes destructifs, la cruauté compulsive et les perversions[2]. Par ces actes, l'enfant revendique

1. D. Winnicott, *Conversations ordinaires*, Gallimard, 1988, p. 99-109.

2. Voir D. Winnicott, «Morale et éducation», in *Processus de maturation de l'enfant, op. cit.*, p. 68.

que l'entourage lui accorde du temps, de l'intérêt ; ces actes antisociaux sont compulsifs, et l'enfant n'est pas conscient de sa culpabilité (voir les « méfaits » racontés, *Quoi ? L'Éternité*, p. 247-248, et qui se situent à une période où Michel n'est plus tout à fait le père d'autrefois).

VIII. ACCUEIL DE LA CRITIQUE

La sortie de *Quoi ? L'Éternité* a eu lieu en novembre 1988, soit un an après la mort de l'auteur (17 décembre 1987). Le caractère posthume du livre ajoute à sa puissance émotionnelle : la part de l'inachevé augmente la part du mystère renforcée par son titre qui lui donne une dimension testamentaire. Yourcenar semble avoir pressenti qu'elle n'arriverait pas au bout de son projet (*AN*, p. 16), et pour toutes ces raisons, le livre touche davantage au cœur que les précédents. « La quête inachevée reste blanche, ouverte sur le cri ou le murmure rimbaldiens, et il est beau que les pages manquantes signent l'insaisissable d'un destin », lit-on dans *Études* sous la plume de Jean Mambrino (février 1989).

La critique est également impressionnée par le fait que l'auteur était, depuis janvier 1981, la première femme élue à l'Académie française ; d'où un concert de louanges sur la maîtrise de la langue et la souveraine aisance du style, et cette déférence obligée portée à l'écrivain : « Style somptueux », s'écrie Françoise Giroud (*Illustré*, n° 51, 21 décembre 1988) ; « un livre fort, riche ; foisonnant, souvent plus romanesque qu'un roman, même s'il lui manque l'architecture, la touche finale », écrit Anne Derville dans *La Vie* du 24 novembre 1988. François Nourissier admire « la somptuosité de toile flamande, avec ses admirables scènes d'intérieur à la Vermeer, aussi bien qu'avec ses truculences et ses férocités à la Bosch. Esprit anticonformiste, âpre, décapant, Yourcenar regarde sa propre famille et son monde comme Saint-Simon regardait la Cour » (*Le Figaro-Magazine* du 21 novembre 1988).

De nombreux critiques sont frappés par la vision aiguë qu'elle porte sur la Belle Époque, qui glisse vers la guerre dans la plus parfaite inconscience, et admirent la façon dont elle anime de grandes scènes dialoguées et vives où se manifeste son art de conter. Les lecteurs retrouvent aussi la marque de Yourcenar dans son refus du superficiel et du prêt à penser, sa liberté de jugement à contre-courant des modes et des normes morales et religieuses.

Ce qui touche surtout la critique est le fait qu'elle ose parler d'elle-même comme elle ne l'avait jamais fait. La liberté du discours enchante. De nombreuses pages de l'œuvre évoquent l'éveil de la sensualité, d'où un livre jugé plus passionnant que les tomes précédents, parce que l'auteur s'y dévoile un peu plus.

Jean Mambrino observe que les pages les plus graves sont consacrées à Egon : « Les abîmes y côtoient une sorte de sérénité augurale. On sent combien est mystérieux le cheminement singulier de chaque être impossible à juger du dehors » (*Études*, février 1989). Sur Egon encore, Stéphane Disière observe, dans *L'Écho du Centre* du 18 décembre 1988 que « par le biais de cet individu égaré dans un monde de violence où tout croule, Yourcenar nous propose une évocation hallucinée et presque mythique du drame humain ».

La vie privée de Yourcenar était mal connue à l'époque où a paru *Quoi ? L'Éternité*. On savait seulement qu'elle avait vécu dans une île du Maine avec sa compagne, Grace Frick. La biographie de Josyane Savigneau paraît en 1990 ; c'est elle qui, en particulier, révélera au grand public la liaison de l'auteur avec Jerry Wilson. Il n'était donc pas possible au lecteur de voir à quel point Yourcenar se sert d'épisodes de sa propre vie pour les prêter à ses personnages, transcrivant dans certains épisodes de la vie du couple Jeanne-Egon des scènes vécues ou rêvées par elle.

Le caractère historique du récit ne semble généralement pas mis en doute. Jean Mambrino constate toutefois que « cette autobiographie semble parfois presque aussi imaginaire que la vie d'Hadrien ou de Zénon » *(ibid.)*. Mais Lucien Noullez parle d'Egon de Reval comme d'« un compositeur aujourd'hui oublié » (*Indications,* Bruxelles, février 1989) ; il n'a pas vu que si des contemporains apparaissent sous leurs noms véritables, Yourcenar parle d'orchestres et de concerts imaginaires, et que les titres des œuvres attribuées à Egon sont pure invention.

De la même façon, certains critiques ont cru à la réalité des aventures prêtées à Egon dans le chapitre « Les sentiers enchevêtrés », alors que le mari de Jeanne de Vietinghoff n'est jamais retourné dans son pays natal. Ils voient dans ce récit la clé du roman *Le coup de grâce*, écrit en 1938, alors que l'inverse est vrai, l'auteur reprenant à la fin de sa vie l'intrigue de son second roman. Certains lecteurs ont pourtant senti qu'« elle se servait de son imagination de romancière, de ses propres expériences de la vie pour reconstruire les passions et les déchirures, les plaies secrètes et les souffrances tues », et J.-M. Ulmann constate que « Yourcenar a brouillé les pistes en faisant émerger de sa mémoire les personnages de ses romans. Nous glissons des souvenirs vers la fiction » (*Impact Médecin*, décembre 1988).

Pour être complet dans cette recension, il faut aussi signaler l'agacement de certains critiques devant le style trop bien écrit de Yourcenar, manifestant trop de « respect d'une langue qu'elle s'appliquait à bien écrire. Voilà où blessait le bât ; c'était qu'elle dût s'y appliquer. En dépit d'un vocabulaire maîtrisé et des balancements d'une phrase étudiée, son style sent souvent l'apprêt. L'habillement est impeccable, mais amidonné » (A.J.B., *Journal et indépendance,* Charleroi, 24 décembre 1988). Dans *Pourquoi pas ?* du 8 décembre 1988, Pol Vandromme est encore plus sévère. S'élevant contre « cet art archaïque et contourné », dont il déplore « l'artifice et la solennité », il conclut : « Sa littérature fut victime du classicisme, son tempérament davantage encore. Jamais elle n'eut le style de son instinct, se refusant à elle-même, dissimulée et réfractaire, ne se livrant qu'à mots couverts, sous des camouflages, avec des détours entortillés de grande coquette. Un tumulte l'habitait, elle ne laissait filtrer qu'un mince filet d'eau. » Si l'on ne tient pas compte du ton agressif de ces lignes, il faut reconnaître que le critique a senti à juste titre dans ce style volontairement si classique une crispation, qui amène à douter de la sérénité olympienne de Yourcenar. Elle-même semble en avoir été consciente à la fin de sa vie, et les interrogations qu'elle laisse percer à travers le personnage d'Egon rendent ce dernier ouvrage d'autant plus riche. Le fait de la sentir moins assurée, plus fragile, ne la rend-elle pas plus attachante dans ses contradictions ?

IX. EXTRAITS DU DISCOURS DE JEAN-DENIS BREDIN À L'ACADÉMIE FRANÇAISE

Jean-Denis Bredin a été reçu à l'Académie française le 17 mai 1990. Il prononça à cette occasion l'éloge de Marguerite Yourcenar, à qui il succédait. C'est un des plus beaux textes qu'elle aura inspirés :

Le Monde, 20-21mai 1990.

À la suivre ainsi, de sa naissance à sa mort, comme une continuité, je crains de l'avoir simplifiée. Il faudrait, pour parler d'elle, avouer ses violents désirs, ses colères, ne pas chercher à tout prix, dans ses attitudes, dans ses livres, les leçons d'une sagesse sans remous. Il faudrait dire ses appétits, ses désespoirs, ses folies mêmes, enveloppés dans le drapé des mots.

[...] Elle s'est construit, avec le temps, une sorte de sagesse bouddhique qu'elle voudrait enseigner, et ce qui se lit aussi dans ses livres, presque jusqu'à la mort, c'est une avidité que ni l'âge ni les épreuves n'ont pu tarir, la fascination de la volupté, parfois même de la débauche. [...]

Regardons-la avec tendresse et vérité, dans les dernières années, quand elle vit sa vieillesse les yeux si grands ouverts. Elle croit à la solitude, et ne peut pas rester seule. Elle est indifférente à l'opinion, mais elle ne cesse de s'expliquer sur ses livres, d'y ajouter des notes pour aider à les comprendre et à les justifier. Elle méprise les honneurs et elle les accueille avec satisfaction, contente à la fois d'en profiter et d'en sourire. Elle redoute toute vanité, elle mesure l'insignifiance de la vie sociale, mais la vieille dame qui parcourt le monde assume très bien son importance, elle semble accompagnée d'une cour, elle dit

« Nous » en parlant d'elle, on l'appelle Madame, c'est une reine.

Ces balancements ne sont pas des faiblesses. Ils sont les mouvements contraires du cœur, de l'esprit, du corps aussi, qui font la vie. Et le meilleur de Marguerite Yourcenar est peut-être cette passion d'exister qui secoue son œuvre.

« Soyez pour vous-même une lampe. » Soyez-le pour vous, et s'il se peut pour ceux que vous rencontrerez. Elle a tant aimé la liberté et la lumière, toute liberté, toute lumière, même reçues de la souffrance ! Souvenez-vous ce cri de sa jeunesse : « Solitude... Je ne crois pas comme ils croient. Je ne vis pas comme ils vivent. Je n'aime pas comme ils aiment... Je mourrai comme ils meurent. » Ainsi fit-elle.

X. BIBLIOGRAPHIE SÉLECTIVE

Le volume *Quoi ? L'Éternité* de la collection Folio, 1990, contient la liste des œuvres de Marguerite Yourcenar, à laquelle il conviendra d'ajouter deux volumes parus depuis :

Lettres à ses amis et quelques autres, Gallimard, 1995.

Sources II, Les Cahiers de la NRF, Gallimard, 1999.

CRITIQUES SUR L'ŒUVRE DE MARGUERITE YOURCENAR

Une bibliographie générale portant sur la période 1922-1994 a été rédigée par Françoise Bonali-Fiquet à laquelle nous renvoyons le lecteur désireux de renseignements plus complets, notamment pour les études parues dans toutes les langues étrangères :

Bonali-Fiquet Françoise, *Réception de l'œuvre de Marguerite Yourcenar. Essai de bibliographie chronologique (1922-1994)*, avant-propos de Carminella Biondi, Tours, 1994, vol. XXIV, 239 p. Une mise à jour 1995-1996 a été faite dans le *Bulletin de la Société internationale d'études yourcenariennes* (SIEY), n° 17, décembre 1996, p. 155-171, et elle se poursuit régulièrement depuis.

Depuis novembre 1987 paraissent des Bulletins périodiques de la Société internationale d'études yourcenariennes (SIEY), Université de Tours (7, rue Couchot, 72000 La Flèche). La SIEY organise également des colloques sur l'œuvre de Yourcenar, qu'elle édite régulièrement.

Depuis novembre 1989 existe un *Bulletin du Centre international de documentation Marguerite Yourcenar* (CIDMY), 65 rue des Tanneurs, Bruxelles.

ARTICLES DE PRESSE SUR *QUOI ? L'ÉTERNITÉ*

1988

Balmer Monique, « *Quoi ? L'Éternité*, un hommage superbe de M. Yourcenar à son père », *Femina*, 18 décembre 1988.

Carcassonne Manuel, « Yourcenar, Mémoires inachevés : *Quoi ? L'Éternité* de M. Yourcenar », *Le Point*, n° 844, 21 novembre 1988,

Chalon Jean, « M. Yourcenar. Les ultimes secrets de Mlle de Crayencour », *Le Figaro littéraire*, 31 octobre 1988.

Coppermann Annie, « Un très beau roman d'aventure et d'amour : *Quoi ? L'Éternité* par M. Yourcenar », *Les Échos*, 10 novembre 1988.

Derville Anne, « M. Yourcenar reconstitue les destins tourmentés de son enfance », *La Vie*, 24 novembre 1988.

Giroux Françoise, « *Quoi ? L'Éternité* », *Illustré*, n° 51, 21 décembre 1988, p. 61.

Goslar Michèle, « Les miettes d'enfance et d'amour dont toute une œuvre s'est nourrie », *Le Soir* (Bruxelles), *Arts*, supplément du jeudi 3 novembre 1988, p. 29.

Nourissier François, « La reine Yourcenar règne toujours », *Figaro-Magazine*, n° 52, 19 novembre 1988.

Pauwels Marie-Claire, « *Quoi ? L'Éternité*, de M. Yourcenar ; souvenirs admirables », *Figaro-Magazine*, 12 novembre 1988.

Pons Anne, « Yourcenar, la mort inachevée », *L'Express*, 21 octobre 1988, p. 157-158.

Savigneau Josyane, « M. Yourcenar inachevée... *Quoi ? L'Éternité*, le dernier volume de sa trilogie familiale *Le labyrinthe du monde* interrompu par sa mort », *Le Monde des livres*, 21 octobre 1988, p. 15 et 21, réédité dans *Dossiers littéraires du Monde*, hors-série n° 4, avril 1994, p. 3, sous le titre « La trilogie inachevée ».

Whipp Betty, « L'essentiel de M. Yourcenar », *Journal de Genève*, 17 décembre 1988 ; *La Gazette de Lausanne*, 20 décembre 1988.

1989

Blot Jean, « Marguerite Yourcenar : *Quoi ? L'Éternité* », *NRF*, n° 437, juin 1989, p. 99-101.

Boydens Isabelle, « Yourcenar : *Quoi ? L'Éternité* », *Marginales*, n° 224, janvier-mars 1989, p. 43-44.

Chavardes Maurice, « Autobiographie : *Quoi ? L'Éternité* », *Témoignage chrétien*, 16-22 janvier 1989.

Favre Yves-Alain, « Jeunesse de M. Yourcenar », *La Presse française*, 27 janvier 1989.

Mambrino Jean, « M. Yourcenar : *Quoi ? L'Éternité* », *Études*, février 1989, p. 268-269.

Miguel André, « M. Yourcenar : *Quoi ? L'Éternité* », *Marginales*, 44e année, n° 224, janvier-février 1989, p. 43-44.

Nachtergaele Vic, « M. Yourcenar : *Quoi ? L'Éternité* », *Septentrion, Revue de culture néerlandaise*, n° 1, 1989, p. 71-73.

Pécheur Jacques, « L'heure des Classiques. M. Yourcenar : *Quoi ? L'Éternité* », *Le Français dans le monde*, n° 229, novembre-décembre 1989, p. 21-23.

1990

Chalon Jean, « En Biblos », *Le Figaro*, 17 septembre 1990.

BIOGRAPHIES

Savigneau Josyane, « *Marguerite Yourcenar ; l'invention d'une vie* », Gallimard, coll. « NRF biographies », 1991, Folio, n° 2495, 1993.

Sarde Michèle, *Vous, Marguerite Yourcenar. La passion et ses masques*, Robert Laffont, 1995.

Goslar Michèle, *Yourcenar*, « *Qu'il eût été fade d'être heureux* », Racine, Bruxelles, 1998.

OUVRAGES

Compte tenu du nombre des études consacrées à Marguerite Yourcenar, nous nous contenterons de citer ici les ouvrages auxquels il est fait référence dans cet essai.

Andersson Kajsa, *Le « don sombre ». Le thème de la mort dans quatre romans de Marguerite Yourcenar*, Uppsala, Acta Universitatis Upsaliensis (thèse de 1986), 1989. Contient en appendice (p. 257-259) une lettre de Marguerite Yourcenar adressée à l'auteur le 8 mai 1987.

Levillain Henriette, *« Mémoires d'Hadrien » de Marguerite Yourcenar*, Gallimard, coll. « Foliothèque », n° 17, 1992.

Julien Anne-Yvonne, *« L'Œuvre au noir » de Marguerite Yourcenar*, Gallimard, coll. « Foliothèque », n° 26, 1993.

Ness Béatrice, *Mystification et créativité dans l'œuvre de Marguerite Yourcenar*, Chapel Hill, North California, « The Romance Languages and Literature », 1994.

Lecarme Jacques, « L'après-coup du *Coup de grâce* », in *Marguerite Yourcenar aux frontières du texte*, Roman 20-50, 1995, p. 15-30.

Proust Simone, *L'autobiographie dans « Le labyrinthe du monde », de Marguerite Yourcenar. L'écriture vécue comme exercice spirituel*, L'Harmattan, 1997.

Doré Pascale, *Yourcenar ou le féminin insoutenable*, Droz, 1999.

OUVRAGES GÉNÉRAUX

SUR L'AUTOBIOGRAPHIE EN TANT QUE GENRE LITTÉRAIRE

OUVRAGES

Lejeune Philippe, *L'autobiographie en France*, Colin, coll. « U2 », n° 180, 1971.

— *Le pacte autobiographique*, Seuil, 1975.

— *Je est un autre*, Seuil, 1980.

— *Moi aussi*, Seuil, 1986.
Robert Marthe, *Roman des origines et origines du roman*, Grasset, 1972, Gallimard, coll. « Tel », 1990.
May Georges, *L'autobiographie*, PUF, 1979.
Beaujour Michel, *Miroirs d'encre*, Seuil, coll. « Poétique », 1980.
Gusdorf Georges, *Auto-bio-graphie, Lignes de vie 2*, Odile Jacob, 1991.
Lecarme Jacques et Lecarme-Tabone Éliane, *L'Autobiographie*, Armand Colin, 1999.

REVUES

Poétique
— n° 3, 1970, p. 257, « Le style de l'autobiographie », par Jean Starobinski.
— n° 17, 1974, « L'autobiographie considérée comme acte littéraire ; problème de l'acte illocutoire », par E. Bruss.
Revue d'histoire littéraire de la France, n° 4, novembre-décembre 1975, « L'autobiographie ».
Pratiques, n° 45, mars 1985, sur les récits de vie.
Cahiers de l'Université de Pau, n° 5, 1985, « Le roman familial ».
Cahiers de sémiotique textuelle (Université Paris X) :
— n°4, 1985, « Récits de vie : modèles et écarts ».
— n° 8-9, 1986, « Récits de vie et institutions ».
— n°12, 1988, « Le récit d'enfance en question ».
L'autobiographie, VIe rencontres psychanalytiques d'Aix-en-Provence, 1987, Belles Lettres, 1988, coll. « Confluents psychanalytiques » sous la dir. d'Alain de Mijolla.
Revue des sciences humaines, n° 22, 1991, « Récits d'enfance ».
Cahiers RITM (Université Paris X), sous la direction de S. Doubrovsky, J. Lecarme et P. Lejeune, n° 6, 1993, « Autofictions & Cie ».

OUVRAGES DE PSYCHANALYSE

Freud Sigmund, *L'interprétation des rêves* (1899), PUF, 1967.

— « Le roman familial des névrosés », 1909, paru dans Otto Rank, *Le mythe de la naissance du héros*, Leipzig et Vienne, 1909 ; repris in *Névrose, psychose et perversion*, PUF, 1973, trad. J. Laplanche.

— « Deuil et mélancolie » (1917), in *Métapsychologie*, trad. J. Laplanche et J.-B. Pontalis, Gallimard, coll. « Folio Essais », 1994.

— *Essais de psychanalyse*, Petite Bibliothèque Payot, 1994.

J. Laplanche et J.-B. Pontalis, *Vocabulaire de la psychanalyse*, sous la dir. de D. Lagache, PUF, 1967.

D. W. Winnicott, *Jeu et réalité. L'espace potentiel* (1971), Gallimard, 1975.

— *Processus de maturation chez l'enfant*, Payot, 1970.

Kristeva Julia, *Révolution du langage poétique*, Seuil, coll. « Points », 1985.

— *Histoires d'amour*, Gallimard, coll. « Folio-Essais », 1992.

— *Pouvoirs de l'horreur. Essai sur l'abjection*, Seuil, coll. « Tel Quel », 1980, Points, 1983.

Green André, *La déliaison*, Belles Lettres, 1992.

— *Le travail du négatif*, Éditions de Minuit, coll. « Critique », 1993.

Kaufmann Pierre (sous la dir. de), *L'apport freudien, Éléments pour une encyclopédie de la psychanalyse*, Bordas, 1993,

Chemama Roland, *Dictionnaire de la psychanalyse. Dictionnaire actuel des signifiants, concepts et mathèmes de la psychanalyse*, Larousse, 1993.

OUVRAGES SUR LE BOUDDHISME

Silburn Lilian, *Instant et cause : le discontinu dans la pensée philosophique de l'Inde*, Vrin, 1955.

— (sous la dir. de), *Le bouddhisme*, Fayard, coll. « Le trésor spirituel de l'humanité », 1977.

David-Neel Alexandra, *Immortalité et réincarnation* (1961), Éditions du Rocher, 1978.

Philosophes taoïstes, avant-propos, préface et bibliographie par Étiemble, Gallimard, Bibliothèque de la Pléiade, 1980.

Questions de Milinda, trad. Louis Finot, Dharma, 1983.
Gira Dennis, *Comprendre le bouddhisme,* Centurion, 1989, 1992.

OUVRAGES GÉNÉRAUX DIVERS

Komensky (dit Coménius), Jean Amos, *Le labyrinthe du monde et le paradis du cœur*, 1623. Adaptation française par Michel de Crayencour d'après la traduction anglaise du comte Lutzow, Littérature bohémienne, Lille, L. Danel, 1906, 331 p. (peut être consulté au CIDMY à Bruxelles) ; traduit du tchèque par Xavier Galmiche, Desclée, 1991.

Ignace de Loyola, *Exercices spirituels*, Desclée de Brouwer, coll. « Christus », n° 5, 1963.

Maffesoli Michel, *L'ombre de Dionysos. Contribution à une sociologie de l'orgie*, Livre de poche, coll. « Biblio-Essais », n° 4131, 1985.

Nietzsche Friedrich, *La naissance de la tragédie*, 1872, Gallimard, coll. « Folio-Essais », 1986.

Vietinghoff Jeanne de, *Sur l'art de vivre*, précédé d'une notice biographique par Mme Hélène Naville, Paris, Librairie Fischbacher, 33 rue de Seine, 1927.

TABLE

ESSAI

Composition Traitext.
Impression Bussière Camedan Imprimeries à Saint-Amand (Cher), le 13 février 2001.
Dépôt légal : février 2001.
Numéro d'imprimeur : 010660/1.
ISBN 2-07-041198-2./Imprimé en France.

93132